yurige sekai nanoni
otoko no ore ga
heroine shimai wo
shiawase ni
shite shimaumade

1

著　流石ユユシタ
画　すいみゃ

百合ゲー世界なのに男の俺がヒロイン姉妹を幸せにしてしまうまで

日辻《ひつじ》 千夏《ちなつ》

次女。ツンデレ口調。
姉妹以外を信用していない。

日辻《ひつじ》 千春《ちはる》

長女。しっかり者ではあるが
度を超えたシスコン。
妹を甘やかしすぎる一面も……。

「良かったね……」
「ふぁぁぁぁぁ!!
ねーねー、コイツ凄い!」
「おかしいな、あの時の記憶は
消したはずなんだが……」
とっさの判断で彼女が好きな
厨二的な話し方を試してみたのだが
思ったより効果があって少々驚いた。

Character
病乃《やみの》 魁人《かいと》
本作の主人公。
姉妹を引き取り家族に
なろうと奮闘する。
日辻《ひつじ》 千冬《ちふゆ》
四女。姉妹一頑張り屋さん。
その一方で空回りする
こともある。
4
日辻《ひつじ》
三女。
よくする。
一番の

百合ゲー世界なのに男の俺がヒロイン姉妹を幸せにしてしまうまで 1

流石ユユシタ

OVERLAP

CONTENTS

yurige sekai nanoni
otoko no ore ga
heroine shimai wo
shiawase ni
shite shimaumade

イラスト／すいみゃ

第一章　出会い

yuriga sekai nanoni otoko no ore ga heroine shimai wo shiawase ni shite shimaumade

人の噂《うわさ》とは怖いもので勝手に歩いて行く。誰かが口を閉じても、その時に誰かが言うからだ。それを聞いて、もうバレているなら仕方ないと口を閉じていた者も平気で噂を吐く。人に言うような噂でなくても関係なしにそれは広まって行く、きっと、そのせいなのだろう。俺の隣でデスクワークをこなしている同僚が探りを入れるような声音で聞いてくるのは。

「おい、魁人《かいと》」

「なんだ、佐々木《ささき》？」

「お前の遠い親戚で上司の日辻藤間《ひつじとうま》先輩が死んだって本当か？」

「……そうだ。誰から聞いた？」

「誰って、他の同僚。情報源は誰かは分からないが」

「……そうか」

俺の遠い親戚、日辻藤間が死んでしまった。かなり遠めの親戚であるが一応、何度も顔を合わせ、さらに職場の上司なので既に俺にはその情報が入っていた。

「でもさ、あんまり悲しくないって言うかさ。すげぇ、嫌みな……」

隣の席にいる佐々木小次郎《こじろう》が今までの愚痴をこぼすように言葉を漏らす。確かに職場内で彼の横柄な態度を良く思わない者は多い。日辻藤間は同僚に対しての嫌みは勿論《もちろん》、それ以上に後輩への当たりが強い。飲み会で一発ギャグをしろと無茶ぶりをしてきたり、頭を強めに叩《たた》かれたり、セクハラ発言も多々見受けられていた。

彼には奥さんも居ると言うのに、浮気をしていると言う噂も。不憫《ふびん》なことにその奥さんも交通事故で日辻藤間と死んでしまったらしい。同じ車に乗っていて、スピード違反をしカーブを曲がり切れなかったとか……。

今現在噂になっている日辻藤間は遠い親戚であり、同じ職場、年長者の先輩と言うこともあり、俺自身もあまり強めに意見は出来ない。そんな日々の中で嫌みとか罵詈《ばり》雑言《ぞうごん》とか毎日のように浴びせられる日々であったが、死んだ者に石を投げるのは俺の趣味ではない。

「それ以上は、止《や》めておいたほうがいいと思うぞ。手が止まってるしな」

「確かにそうだな」

「老人ホームの入居者に送る資料、俺はもう終わったぞ」

「え？　はや……」

驚く同僚を無視して、新たな作業に没頭する。市役所職員は常に忙しいのだ。作業をしながら、頭の中では何か靄《もや》がかかっている感じがして、少し気持ち悪かった。日辻藤間死亡……それを、かなり前にもどこかで聞いたことがあるような気がして。何かを忘れているような気がして。その疑問が日に日に強くなっているような気がする。

その疑問は解けることはなく、日々は過ぎていく。そして、日辻藤間の葬式の日がやってきた。

◆

夕暮れ時、夜と昼の間。オレンジの光が辺りを照らす。黒いスーツを身にまとって、佐々木と一緒に所沢にある葬式会場を歩く。職場の人間とそこまで深い仲ではないが見覚えのある親族が見えたので会釈や軽い挨拶を交わしていく。佐々木と一緒が嫌だと言うわけではないが、ひと通り挨拶はしておかないといけない。

見知らぬ人に一緒に挨拶をするのは疲れるだろうからここで一旦別れよう。

「すまない。一旦ここで別れよう」

「そっか、一応、親戚だから色々あるよな」

「ああ、そういうことだ」

一旦別れ、黒服の年寄りさんたちに挨拶をする。何故《なぜ》だか分からないが昔からこの人たちが大の苦手だ。別に何かをされたと言うわけではないが……。一応、親族、一応上司であるわけでもあった人が亡くなったのだから、それなりの対応が必要だろう。毎日のように罵詈雑言、嫌みを言われたとしても、それはそれだ。

「久しぶりだね。大きくなって……」

「どうも、お世話になっています」

死んだ父方の祖母と挨拶をする。昔のことだけど、死んだ母親もあまりこの親族は好きじゃないって言ってたな。異物を認めない空気感、結局他力本願で自分たちの思い通りにならないと不機嫌になる感じが嫌だって。父親と四季《しき》さんと言う親族の方だけは例外だったらしいけど。

「色々大変だろうね。母親が勝手に死んでしまったから」

「お気になさらず、俺は他の方にも挨拶があるので失礼します」

別に死んだ母親のせいで大変などと思ったことはない。同情される覚えはない。嫁《よめ》姑《しゅうとめ》関係があまり良くないと母が言っていたが、それがまだ尾を引いているとは少々呆《あき》れてしまう。あまりああいう人と話したくはない。後ろで感じが悪いとひそひそ言われたとしても、女狐《めぎつね》の息子だと言われたとしても。

ちょっとだけ、怒りが湧いてくる。だが、それよりこの感じ……やはり既視感がある。葬式には何度も出席したことがあるけど、こんな印象は初めてだ。今まで感じたことがない。ずきりと頭に鋭い痛みが走る。頭を振って痛みを振り払うように親族たちに挨拶を交わす。一通り終えたので写真などが豪華に飾られているホールに向かう。あとはお坊さんのお経やお焼香をこなせば終了だ。

それにしても何だか頭が気持ち悪い。あまり好きではない遠い親戚との関わりが。だが、挨拶くらいはしておかないと、これはマナー……あれ？

俺は足を止めた。写真が並べられているホールの入り口付近。そこに四人の少女が居たのだ。桃色の綺麗《きれい》な髪の女の子、金色の髪をツインテールにしばる子、銀色の髪の子、茶髪をカチューシャで纏《まと》めている子、四人共顔が似ている。小学四年生くらいだろうか？

四人共膝にかかるほどのスカートが特徴的の黒い喪服に身を包んでいる。

どこかの親族の子だろうか。そう言えば……日辻藤間には四つ子の娘が居るって……。

そう思いだすと、またもやズキリと頭が痛む。

何か、思い出しそうな気が……。

そう思って、ハッとする。知らない女の子をジッと見てしまっている。四人組の女の子もこちらに気づいて僅かにおびえているようだ。さっと会釈をして逃げるようにホールに入り指定された席に着く。逃げるように去って行くだなんて、変な大人と思われただろうな。

「やはり、おぞましい」

「私はあんな子たちは引き取れないわ」

「俺だって、凍らせるなんて御免だ。あんな化け物姉妹を引き取れるか」

入る寸前、ホール内側の入り口付近で親族たちがひそひそと話している声が聞こえた。

何の話だ？　こそこそと出口付近にいる先ほどの女の子たち側に目線を向けているようだったが……。

まぁ、考えても分からない。分かるはずがない。俺はずっとこの人たちと関係性をたってきたからな。

そう思って背筋を伸ばして僅かに周りの様子を見る。親族にあまり泣いている者はいない。職場の同僚や先輩にも泣いている者はいない。周りの人の表情や前に置いてある夫婦の遺影、それらを目の端に捉えながら時間が経過するのを待った。

そして、葬式は滞りなく終了した。

◆

「よっ、そろそろ帰ろうぜ。あ、いやお前はこの後も色々あるのか？　親族だし……」

「いや、そこまで俺も好まれてないからな。軽く挨拶だけして帰ることにする。この後用事があるとか言えば良いさ」

「そうか、待ってるぜ」

佐々木が先に歩いて何処《どこ》かに行ってしまう。俺も親族たちに挨拶をして早めに退散しようかと思い、三度彼らの下《もと》に向かう。すると、なにやらひと悶着《もんちゃく》あるようで荒々しくはないが、焦るような声が聞こえて来た。

「誰が、あの子たちを引き取るんだ」

「私の家は無理。あんな化け物」

「あの夫婦が死んだのも呪いでもかけてたんじゃ。儂《わし》も少ない余生を謳歌《おうか》したい」

「だけど、誰かが引き取らないと……」

何故だか分からないが、凄《すご》く嫌な感じがした。理由も話している内容も何も分からないのに嫌悪感がしたのだ。

「あの、すいません」

ただ、挨拶をせずにこの場を去るのも角が立つ。まぁ、俺も嫌われているので今更かもしれないが。

「あら、魁人君」

「お話の途中に申し訳ありません。自分はこの後急用がありまして、一足先にお暇《いとま》させて頂きます」

僅かに頭を下げる。冷え切った視線を感じて、ため息を吐きたくなるがそれは我慢だ。

代表して、四十代後半くらいの女性が俺に声をかける。誰だったか名前も覚えていない。

ただ、よく陰でひそひそ母のありもしないことを嬉々《きき》として語っていたことは覚えている。

「あー、そうなのね……ねぇ、そう言えば……」

彼女がなにやら、ひそひそと親族たちと語り合う。人を目の前にして当人の陰口とは……隠す気もないのだろう。俺の方に視線を合わせる親族たち。だから、昔からこの人たちとは関わらないようにしていたんだけど。

「ねぇ、魁人君って一人暮らしよね？」

「え？　まぁ、そうですが」

「両親が亡くなって、それからずっと一軒家だったわよね？」

「は、はぁ、そうですが……」

「そう……確か、日辻藤間さんは貴方《あなた》の上司でよく面倒を見てもらったとか？」

「……まぁ、そうともいえるかもですね」

そんなことは全くないが。

「そっか、実はその日辻藤間さんの娘さんたちの引き取り先が見つからなくて……私の家は狭いし、皆家庭もあって、お金もないの。だから、アナタは両親の遺産もあるだろうし、綺麗な家だってある。あの家も両親の保険とかで借金もないはずよね？」

「……」

言いたいことが分かった。ここに居る人たちは誰もそんな面倒を引き受けたくないから、俺に引き受けろと言うのだろう。なんで、俺が……そんなことを。流石《さすが》にそれはと断りを入れようと思う。だが、同時にこうも思った。こんな人たちに引き取られる子たちも可哀《かわい》そうだなと、僅かな同情が湧いた。

お金にがめつい、陰口を隠そうとしない、他にもあるが挙げればきりがない。

「でも、四人も引き取るなんてね……」

「じゃあ、誰が引き取るんだ!?　私だって無理だ！」

「わしも」

「気持ち悪い、あんな子たちは気持ち悪くて、とてもじゃないが育てられない」

どの子たちのことをこんなにも貶《けな》しているのか。罵詈雑言をどうして誰も止めないのか、否定しないのか。人としてそれはきっといけないことなのだろう。一緒になって石を投げつける。そんな姿を誰かが見ている。その時、全てを察した。

あぁ、先ほどから悪く言われているのはあの子たちだ。それは直《す》ぐに分かった。僅かな目線の先にあの先ほど見た四人の少女が居たから。何かを諦めているようなそんな視線。悪口だってきっと、聞こえて……。

俺以上の差別を感じた。あぁ、だから、嫌いなんだ。この人たちは……。頭の中で沸々と激情のような荒々しい思考が巡って行く。状況は分からないが、一発ぶん殴って。

「──あの」

声を少しだけ、強めて……その時に再び頭痛がする。こんな胸糞《むなくそ》悪いことをどこかで見た気がする。知っているはずないのに知っている気がする。

これは、どこかで……こんなイベント……。ずきりとずきりと頭が痛んで、でも怒りもあって訳が分からないようになって。次の瞬間、頭の中がはじけ飛ぶような衝撃に襲われた。記憶が戻る。死んだときと、死ぬ前。そして、とあるゲームを進めてきた隣の席の女の子。知らない記憶が、前世の記憶が……脳の内側から湧いてくるようだった。

『これ、面白いからやってみてよ。○○君』

『百合《ゆり》ゲー……か。こういうのはやったことないんだが』

『いや、絶対面白い。このゲーム』

『何て名前？』

『響け恋心』

嘘《うそ》だろ…………ここ、百合ゲーの世界だ。

「えっと、どうしたの？」

親族たちが俺の方を向く。記憶が蘇《よみがえ》ったことで少し冷静になる。いや、記憶が戻って冷静になるとはどういうことなのか自分でも訳が分からない。沢山のことを思い出したばかりで記憶が混乱しているようだ。ちょっと、冷静になろう。

つまり、ここはゲームの世界で……俺はあの四つ子、ヒロインたちの遠い親戚と言うことになるのか!?

え？　マジか。何がどうなってこうなったのだろうか？　まぁ、取りあえず、落ちつこう……。

ここがゲームだったら、あの子たちはどうなるのだろうか。きっと、このまま親族たちが暫《しばら》く押し付け合いをして、結局どこかに引き取られる。だが、いないものとして扱われて、最低限以下の生活。今までも、これからも日々、誰かに否定をされる生活。

許しがたい。ムカつく。一応、ゲームをしたことがあるからそれなりにキャラに愛着がある。あの四つ子は幸薄いと言われていたヒロインたちだ。このままこの人たちに引き取らせるくらいならば……遠い親戚、上司は彼女たちの肉親。一人暮らしでそれなりの家もある俺……先ほどは断る気持ちも少しあった。ただ、色々と事情が変わった。

このまま押し付けあうクズたちを見せたくない。

なにより、俺が見たくない。そう思った時に……四つ子たちがこちらに向かってくるのが目に見えた。桃色の髪の毛が肩にかかるくらいのミディアムヘアーの子、長女である日《ひ》辻千春《つじちはる》を先頭にして、こちらに向かってきている。その後ろに金髪でツインテールの次女、日辻千夏《ちなつ》。そして銀髪ショートヘアー、三女の千秋《ちあき》。長女である千春の隣には茶色の髪をカチューシャで纏めた四女である日辻千冬《ちふゆ》。千春以外は恐怖をにじませながらこちらに向かってくる。

俺も、遺族の奴《やつ》らもその行動に固まる。

そして、長女である千春が代表して頭を下げる。

「今日は、集まって頂きありがとうございました」

「「「……ありがとうございました」」」

きっと、いや、確実にここで話されていた内容も聞こえていただろうに。それでもこうして、頭を下げるのか。父親だって、母親だってろくな人ではなかっただろうに。育児放棄だってしていたはずなのに。暴力やここに居る連中がしたように陰湿な言葉をかけられただろうに。だが、それでも肉親が死んで、それを弔うために集まった者たちへの礼儀。そして、この中から引き取り先が選ばれるのであるのだから、下手な態度がとれない。

雁字搦《がんじがら》めになって、そこから細い道を辿《たど》る。

どう考えても頭を下げるような価値のある連中ではないだろうに。それでも下げたくない頭を下げるしかない。俺がこの年齢ならばこれほどの行動が出来ただろうか。

「口では何とでもね……」

「大方、生活道具としてたかる目的だろうさ」

「引き取り先がこの中から選ばれるのだろうしね」

「浅はかな」

「おい、あんまり言うと……凍らせられるぞ」

　これを見ても、何も感じないのだろうか。どうしてこれを見せられて、未《いま》だに差別の視線と侮蔑の言葉を向けることが出来るのだろうか。俺より下で幼い子が、俺以上の差別を受けている。そして、これは、まだ、かなり先まで続いて行く。怒り、いや、同情、それとも両者か。何かが感情として湧いてくる。

　この中の誰か……、誰が引き取るのか。

「きっと、あの事故も」

「あぁ、呪い」

「私は絶対」

　その言葉のナイフに、次女である千夏の瞳に僅かに涙が浮かんだ。俺は、ここで引き下がって、一言言えない程のクズにはなりたくはない。

　覚悟は決まった。先は分からないが、見えないが、こんな人たちにだけは任せては置けない。

　冷静に。冷静に、これを切り出そう。あまり大きな声を出しても四つ子たちを驚かせて

しまう、親族は知らんが。スゥッと軽く息を吸って
「あの、俺が、お、俺が引き取りますッ!! だから、ちょっと黙っててください！！！」

シンッと辺りが静まり返る。

――あ、音量間違えた。

覚悟が決まっており、先ほどまでの怒り、記憶が戻ったことへの混乱。色々が混ざり合って思わず、そこそこの音量でそこそこ重大なことを言ってしまった。親族たちが少し、驚いたような顔をする。先ほどまでずっと同じ声量で会話をしていたのに、いきなり大声をあげたらこうなるだろう。

気付いたら、彼らは黙っていた。あぁ、あれだ。怒っているときに、自分よりさらに怒っている人を見ると冷静になるあの感じを僅かに感じる。暫くすると、クソばb……ではなくおばさんが俺に話しかける。

「そうかい、一回言ったことは取り消せないよ」

「……そのつもりです」

冷ややかな声。俺が大声を上げてビックリしたから余計に機嫌も悪いのだろう。ごめんね？ クソばばぁ。それにしても、どう収拾をつけたらいいのだろうか。気付いたら、他のクソ親族も四つ子ちゃんも俺を驚いたような目で見ている。

「……俺が引き取ります」

「……私たちはそれで、願ったりかなったりだよ。お前たちもいいだろ？　折角、お前たちみたいな変わり者を引き取ってくれる人が出来たんだ」

　クズだな。ゲームでもクズだと思っていたが、やはりクズだったか。それにかなり言いすぎだ。とても子供に対して使うような言葉ではない。やはりこの人たちに引き取らせるのはあり得ないだろう。

「ほら、挨拶しな。広くて、お金もある家だから安心だろ？」

「……」

　桃色の髪の子、長女、日辻千春が俺に視線を向ける。こんな状況では何も言えない。あんな言い方はないだろう。俺以上の差別と偏見に見舞われていることを目の前でこれでもかと見せられる。また、大声でも出してやろうか？

　俺がそう思っていると彼女は三人の妹たちに顔を向けて、優しく語り掛ける。

「うちは、それでも、良いかなって……三人はどう思う？」

「……なんでもいいわ。それより、はやく、ここから……」

「うん。ごめんね、千夏」

「わ、我は、千春が、そう決めたなら……」

「ありがと、千秋」

「ち、千冬も春姉が決めたことなら」

「そっか、そう言ってくれるとお姉ちゃん嬉《うれ》しいよ」

次女の千夏はなによりも、ここから去りたくて話どころではなく涙をこらえるので精一杯。三女の千秋は怯《おび》えて、こちらを一切見ない。四女の千冬が千春だけに任せないように彼女の手を握る。そして、意を決したように彼女はこちらに振り返る。

「……よろしくお願いします」

非難され、遠ざけられても、彼女は頭を下げた。その姿勢が立派でもあって、少し歪《いびつ》にも見えた。

「……」

「あの、大丈夫ですか？」

「あ、うん。大丈夫」

彼女の姿に僅かに思考が止まる。勝手に同情をしてしまうとは……。頭を下げてくれたのだから、ちゃんとしないと。目の前で四つ子ヒロインの長女である日辻千春が心配そうに俺を見ている。その姿があまりに立派過ぎて俺は言葉を失ってしまった。

「あ、うん。大丈夫……えと、うん、まぁ……」

「……？」

「お願いされた後に、聞き返すようで悪いんだけど。俺が、引き取ることにしたんだ……いいかな？」

「……」

「……？」

今度は千春が、彼女が俺の眼《め》をジッと見て僅かに固まった。

「――はい」

だが、少し経《た》つと、彼女は何の感情もない声音で返事をした。そこに歓喜や期待と言った感情はない。ただ、僅かに無機質ながらも引き取り先が見つかったことへの安堵《あんど》だけは含まれていた。

「あの、これから、うちたちはどうすれば」

「そんなの、勝手にホテルにでも戻ればいいだろう。その前にこれからについて、そこの男と話し合っておきな」

「はい、ありがとうございます」

「口だけの御礼《おれい》なんて誰でも言えるんだから必要ない……ほら、早い所、行きな。私たちはあんたたちと違って忙しいんだ。はやく、去ってくれ」

いくらなんでも言い方と言う物がある。ぶっ飛ばしたいが、そろそろ次女の千夏が限界に近いだろう。この子たちをはやくここから帰したい。話は手短に親族たちの声が聞こえない所でしよう。

去って行く際に、老人や、青年など、様々な年の者たちが、化け物であるような恐れと差別的な視線を彼女たちに向けていることに気づいた。だが、向けられた四人は何も言わずに去って行く。未だに視線は背中にあり、後ろからは嘲笑《あざわら》うような声とそれに対する合いの手のような歓喜の笑い声が聞こえる。

「ああ、おぞましい。引き取るなんてことにならなくて良かった」

「凍らされたら、たまったものではない」

「あの姉妹だけは恐ろしくて引き取れん」

逃げるように彼女たちは葬式の場を去っていく。

本当に、これだから親族は嫌いだ。

◆

色々この後のことを話し合えと言われているが、どうしたものか。

長女の日辻千春が俺の眼をジッと見てはいるが、次女の千夏、三女の千秋は目を合わせず千春の陰に隠れてそっぽを向いている。四女の千冬は怖がりを抑えて長女千春の隣に居た。特に千夏の怯えようは普通ではなく、完璧に千春の陰に隠れて一切姿を見せない。

「えっと、本当に引き取ってくれるんですよね？」

「あぁ、君たちがよければだけど」

「こんなこと言うのはあれですけど……大変、ですよ？」

「かもしれないな。でも、俺が自分で言ったから。そこには責任を持つさ」

「あ、えっと、そうですか……」

「どうしたの？」

「親戚で貴方《あなた》みたいな方は初めて見たなって……」

「あー、俺はあんまり親族の集まりが得意じゃなくてさ。呼ばれはしたんだが欠席してたんだ」

「どうりで……あ、あと、あの人と、父と一緒の職場だったのですよね……？」

「そうだね」

「やっぱりそうなんですね……」

親族が後ろ指を指し続けている現状で、遠いとは言え俺も親族、それにプラスして、お父さんの部下だと言うことはあまり良い印象ではないのだろう。彼女たちからすれば父親も親族も最悪であって、家族とすら認識してくれなかったただの他人なのだから。そんな人たちと同じで部下となれば不安もあるだろうが、こればっかりはしょうがない。隠したり誤魔化したりは出来ない。

「まぁ、何というか、ただ、俺は君たちの遠い親戚で、職場の上司が君たちの父親って言うのも引き取る理由だけど。他にも実は理由はあるんだ。だから、理由が色々重なって大きな理由になったと思ってくれれば」

「そうですか」

「うん」

「……」

「……？」

千春《ちはる》がじっと俺の瞳を覗《のぞ》き込む。先ほどもこんなシチュエーションがあったが、一体どうしたのだろうか？　どこか感情が抜け落ちたような薄い瞳。その瞳はどこか見覚えがある気がした。ゲーム云々《うんぬん》ではなく、もっと根源的などこかで。まぁ、考えても分からないので気にはしない。彼女は数秒程経《た》つと、再び口を開いた。

「そうですか。では、お願いします。あ、自己紹介が遅れました。うちは日辻《ひつじ》千春です」

「俺は病乃魁人《やみのかいと》って言うんだ。よろしくな」

「はい。お世話になります。皆も自己紹介をして、お願い」

ゲーム世界では氷結系ヒロインと言われた長女である日辻千春。先ほどからずっと彼女が姉妹を引っ張り率先して会話を展開していた。そんな彼女が自身の妹たちに挨拶を促す。すると怯えた次女、日辻千夏《ちなつ》が少しだけ千春の背中から顔を出して挨拶をした。どうやら親族たちから離れて少し落ち着いたようだ。だが、俺も怯えの対象であるようだ。

「よ、っよよ、よろしく、お願いします」

肩より少し長めの長さ、そのツインテールが揺れるほどに逃げるように再び背中に隠れる。明らかに信用がない。本当にこんな人の家で大丈夫だろうかと言う不安が目に映っていた。吸血鬼系ヒロイン日辻千夏、そう呼ばれた彼女はきっと心の中では俺のことは汚い大人と感じているだろう。そして、その後ろに銀髪の髪の子、髪は肩にかからないほどのショート。厨二《ちゆうに》系ヒロインと言われる三女の千秋《ちあき》が同じく疑惑の眼で軽く会釈する。

「ど、どうも、わ、我の名は、千秋、です……よ、よろしくお願いします……」

そして、千秋と同じほどの髪の長さ、その綺麗《きれい》な茶色の髪をカチューシャで纏《まと》めている四女日辻千冬《ちふゆ》、またの名を努力系ヒロイン。彼女は怯えを隠しきれていない顔で頭を下げる。

「よ、よろしくお願いしまスッ」

今までろくな環境で生きてこなかったからだろう。安心など出来るはずもない。しかし、こんな感じで俺も彼女たちもまともな生活が送れるのだろうかと不安を禁じえない。

「すいません。この子たち緊張しちゃって」

「あぁ、大丈夫だ。俺も緊張しているから気にしないでくれ」

「……そうですか。あ、その、うちたち、今日は近くのホテルに泊まると言うか。そこに早くチェックインしないといけないので、その、この辺で……」

「分かった。俺もこの後用事があるんだ。だから、丁度いい」

「すいません、では……」

再び会釈して逃げるように彼女たちは去って行った。長女の千春はこれ以上引き取り先である俺に姉妹の怯える姿を見せたくなかったのだろう。俺が不快に思って引き取りを拒否する可能性を考慮して、何より妹たちにこれ以上、この場に留《とど》まらせたくなかったと言うことだろう。

俺も結果を親族たちに軽く話して、その場を去ることにした。

◆

「おい、遅いぞ」

「すまん。色々あって遅れた」

「何か、立て込んでたのか？」

「あぁ、少しな」

四つ子たちと、親族たちの会話を終えて、俺は待たせてしまっている佐々木《ささき》の下に来ていた。

「何を話してたんだ？」

「あぁ、大したことではないんだが……日辻藤間《とうま》の娘である四つ子を引き取ることにした」

「ふーん、そうなのか……馬鹿なの？」

「馬鹿じゃないさ。これでもちゃんと考えた」

「いや、バカだろ!? 四つ子引き取るとか!? 子供引き取るって!? お前そう言うキャラじゃないだろ!? 仕事でも冷静沈着がモットーだろ!?」

「仕方ないさ。誰も親族たちは引き取る感じじゃなかった。それに元から俺に押し付けようとしていたしな」

「そ、そうなのか」

「まぁ、一番の理由はあいつらが五月蠅《うるさ》くて、あいつらに引き取らせるくらいなら俺が引き取ろうと思っただけだ」

「衝動的!?　やっぱりバカか!?」

「まぁ、否定はしないけど……あの子たちはずっと可哀《かわい》そうな目に遭ってるからさ」

「なに？　お前あの四つ子たち知ってるの!?　前から知り合いなの？」

「いや、今回初めて話した」

「ぜ、全然知らない子を引き取ったってことじゃん……どういう感じなのか、親族たちにちゃんと聞いたか？」

「いや、親族たちも四つ子については、情報ぼかしてたな……」

「なんだよ、それ決める方も問題だろ……それ。言ってはいけない秘密でもあるのか？」

「……さぁな」

そう言えばと、俺はあることを思いだした。ただ、それは隣の彼に言っても仕方ないことで。俺は惚《とぼ》けるように会話を遮り、未《いま》だに馬鹿だと言い続ける佐々木と夕飯を一緒に食べることにした。

◆

時間も経ち、場所は変わって、とあるホテルの一室。ベッドは二つでオレンジ色の常夜灯が部屋を鮮やかに照らしている。四つ子姉妹、彼女たちは全員同じ色とガラのパジャマを着てベッドに座っている。

「ねぇ、あんな簡単に決めてよかったのかな?」

ツインテールをほどいた次女である日辻千夏が日辻千春に聞いた。金の長髪を手でさすりながら心配そうな目を向ける。長女である千春は彼女の不安を消すようにハグをしながら頭を撫《な》でて話を聞く。

「あの人、あの人の部下で……親族なんでしょ? あのことも知っているはずじゃ……」

「知らないと思うよ。あの人、親族間の話し合いには出てないらしいし。それに知ってたら自分から引き取るなんて言わないはずだよ」

「そ、そうね。確かに知ってたら……引き取るわけ、ない、わよね……」

「うん。あのクソ親族たちも最初からあの人たち、彼に押し付けるつもりだったんだよ。うちたちの変な噂《うわさ》の部分は隠して」

「そ、そっか……でも、本当に信用できるのかしら……? 私は、あのことを抜きにしても四人も引き取るなんて、可笑《おか》しいと感じるわ……」

「……まだ、確信を持って言えるわけじゃないけど。あの人の眼は……どこか、違った気がする」

「え……? 眼って、そんな理由だけで信用は出来ないわ。秋はどう思うの?」

次女である千夏が、隣に座っている三女である千秋に話しかける。彼女はうーんとうなりながら難し気な顔をする。

「う、う－ん、我はね……良く分かんない！　でも、千春が言うなら、それで……良いと思う！」

「適当ね……冬は？」

ムードメーカーでもある千秋の意見をスルーして、四女である千冬に千夏は顔を向ける。

カチューシャを取って、いつも綺麗に出ているオデコが綺麗に前髪で隠れている。

「ち、千冬、も、春姉が決めたならそれでいいと思うっス。そ、それに千冬たちの本当の事情を知らないなら、なおさら……他の親族に縋《すが》るより、あの人の方が縋るべきかなって」

『っス』と言う独特の話し方の四女の意見を聞いて、再び次女である千夏が眉を顰《ひそ》める。

しかし、千春に頭を撫でられて考えが落ち着いたのか、口をゆっくり開く。

「そう……家は大きくてそこそこお金はあるって言ってたけど……。住む場所としては前よりはいいともいえるかも。でも、あれがバレたら絶対捨てられるわ」

「うん。だから、うちたちはバレないようにしないとね。バレたら、きっと即親族送りか、前みたいに放逐されるかも」

「「「……」」」

千春の言葉に、三人の妹たちの顔が少し、硬直する。

彼女たちにとって親族の家に行くことは最悪なのだ。化け物と言われ、後ろ指を指されることが確定しているから。きっと何も得ることは出来ずに傷つくだけの生活になってしまうから。僅かでも光が指した方を長女である千春はとったのだ。だが、一抹の不安も拭えない。自身の選択が良かったのか、悪かったのか迷いながら彼女たちの夜は更けていく。

話しながら千春はあることを思い返す。初めて見た自身の親戚のことだ。

千春にとって、あの時非常に都合が良かった。

四つ子長女である千春は式が終わった後にあることに気づいた。親族たちに何も言わずにここまで式が進み、終わってしまったと言うことだ。父親のことなど一切愛していない。だが、誠に遺憾だが、自身たちの肉親であることは事実。その人物の為《ため》に葬式に来てくれたのであれば、一言何かを言うべきであると感じたのだ。

これは別に、感謝があるわけではない。彼女からすれば他人以上に興味もなく、無価値な存在。だが、確実にあの中の誰かの下に行くことになるだろう。ならば、少しでも悪い印象をなくすべきだと。

もう、取り返しのつかない程に嫌われていても、この一線だけは残して、保険を掛けるべきだと千春は考えた。小学生としては異様な考えである。それを本人は自覚するがそれを気にすることはない。彼女にとって、親族も、自身も妹を育てる道具のような物であるのだから。

だが、引き取ると言い出したのはどこの馬の骨とも知らない男。自分たちも、あちらも情報は一切ない。冷静に状況を読んだ彼女はあることを考える。全てを秘密にして、引き取ってもらおうと。これは自身たちにとって、蜘蛛《くも》の糸。これに縋る。自分はどうでも良いから。最悪三人だけでも……と。この先に待つ結果に彼女はただ不安を募らせる。

「それが一番最悪ね……いい？　くれぐれも軽はずみな言動は控えなさいよ？　分かった!?」

考え過ぎている所で妹の千夏が自身の腕の中で強めの口調で言う。それによって彼女の思考は中断された。

発言をした千夏は姉に抱かれていい子いい子と撫でられているので貫禄《かんろく》をあまり感じない。その姿に思わず吹き出しそうになる四女千冬であったが、後が怖いので何も言わない。

「そんな、格好で言っても貫禄ないぞ？」

空気を読んだ千冬を無視して、三女の千秋が爆弾を投下する。それを聞いて、千夏が顔を真っ赤にして、それを見て千冬も思わず吹き出してしまう。そして、その姿を見て優しい微笑《ほほえ》みを浮かべる千春、彼女たちにとって長い一日が終わる。

今だけは、今だけは、四人にとって心の底から安らぎがある時間だった。

同居生活の始まり

俺が彼女たちを引き取ると決めて数日後、俺は家でコーヒーを飲みながら彼女たちが来るのを待って居た。

正直言って冷静になると、俺は何をやっているんだと思うこともある。この家には俺以外住んでいる者はいない。両親は他界して、この家と貯金を残したからだ。

亡くなったのは前世の記憶がない時で、大泣きしたのを覚えている。まぁ、それは過ぎたことだから一旦おいておこう。そう言う現状だから俺以外に迷惑が掛かりにくいと言うのが引き取る一つの理由なのだが、普通に考えたらやっぱりヤバいな、俺は。

問題なのは社会人なり立て二十一歳の俺が現在小学四年生の世話を出来るのかと言う問題だ。正直なところ、前世でも子育てなんてやったことがない。高校一年で死んでしまったからなぁ……。

だが、引き取ったからにはしっかりとやらないといけないと言う責任が発生するのは勿《もち》論《ろん》心得ている。だとするなら、しっかりと四人と向き合わないといけない。

二十一歳社会人が十歳の幼女四姉妹と向き合うか……あれ？　言葉的にちょっと危なくない？

自身が大分ヤバい奴《やつ》なのではと感じていると家のインターホンが鳴る。どうするのか明確な事柄が決まらないうちに四姉妹が我が家に到着してしまったようだ。

落ち着かない足取りで玄関に向かい、ドアを開ける。そこには大きなカバンを一つ持った千春《ちはる》を先頭に後ろの千夏《ちなつ》、千秋《ちあき》、千冬《ちふゆ》の四人が居た。

「いらっしゃい、えっと四人共……」

「こんにちは。お兄さん……ほら、三人も挨拶」

「……どうも」

「わ、我は、三女の千秋……よ、よろしく……」

「あー、えっと千冬っす。四女っす……」

凄《すご》い緊張しているな。前に自己紹介をしたのにまるで初めてあったような反応である。

俺も緊張はしているんだが、ここは大人の姿勢を見せて余裕のある行動をとろう。

「遠慮しないで入っていいよ。どうぞ、どうぞ」

「ありがとうございます。皆も挨拶したら靴ちゃんとそろえて入って」

長女の千春。ゲームでもそうだったが超過保護の超シスコン。姉妹全員を大事にして甘やかす、甘やかしすぎてしまうところもある。彼女は本当はもっと砕けた話し方のはずなんだが、そこはお世話になると言うことで切り替えて話しているのだろう。

いや、流石《さすが》ですね。小さいのに偉い。長女の陰に隠れて千夏と千秋は俺と目を合わせずに靴を脱ぎそろえてフローリングに乗る。そこからどうしていいのか分からないようで、目を合わせずにキョロキョロとあたりを見回す。

「そこがリビングなんだ。入っていいよ」

「「「……」」」

「ありがとうございます。お兄さん」

三人はこくこくと頷《うなず》き長女は一礼をして三人を率いてリビングに入って行く。俺も彼女たちを追ってリビングに向かう。次女と三女は後ろの俺を恐れているようで何度もチラチラ見る。そして早歩きでリビングに入って行った。怖がられてるな。ニコニコしているつもりなんだが……。無理に笑顔でい続けるのも良くないのかもしれない。

俺が入るころには全員が正座をしていた。堅苦しいが子供ながらにこういったことが出来ていることに感心と歪《いびつ》さを感じた。

以前と同じように長女千春と四女千冬が前に、その後ろに隠れるように三女千秋と次女千夏。

「これから、お世話になります。お兄さん」

「もっと、砕けた感じでいいんだぞ？　自分の家だと思って好きに過ごして貰《もら》って構わないからさ」

「それはできません……」

「そっか、いきなりは難しいよな……」

いきなり横柄な態度はとれないよな。全く知らない人の家なのだから。

「えっと……荷物は？」

「最低限だけ持っています。残りは後日改めて届くらしいです」

「そっか……ここまでどうやってきた？」

「タクシーとか電車乗り継いできました」

「子供だけで？」

「はい」

おいおい、いくら何でもそれはあんまりなんじゃないか？　まぁ、こういう扱いされると分かっていたから引き取ったんだけどさ。

「そっか、しっかりしてるね」

「ありがとうございます」

全部長女である千春が受け答えしてくれるのだが凄い堅苦しい。ゲームであったフランクで砕けた感じが俺は好ましいんだが……無理強いはダメだよな。それ以前にもっと楽にしてほしい。

クソな境遇でクソな生活をするから、それを変える為に引き取ったのにこれではあまり変わらない。ゲーム開始までどうか快適で楽しい生活をしてほしい。そうは願っているがそう簡単に行くことでもないだろう。ただ願うだけではダメか。どうすれば四人が心置きなく生活ができるか考えないとな。俺がこの家の主だから頭が上がらない的な感じだから俺と気軽に話せるようになればいいはず。

だとするなら先《ま》ずは、自己紹介をしよう。もう、一体何回したのか忘れてしまう。これ、俺の方が緊張しているのかもしれない。

「これから一緒に暮らすんだし、改めて自己紹介しようか？」

「はい、うちは日辻《ひつじ》千春。この子たちとは四姉妹の関係で長女です。次は千夏、お兄さんにご挨拶して」

「……日辻千夏です……よろしく……お願いします……」

「わ、我は日辻千秋……よ、よろしくしてやっても良いぞ……」

「千冬は、千冬っす……」

次女の千夏はもっとツンデレって感じなんだがそれを出せるほど今は元気もない。三女の千秋は厨二《ちゆうに》的な発言が魅力だがそれを出すほど元気なし。四女の千冬は普通に元気なし。殆《ほとん》ど元気なし。

ここは俺が歌のお兄さんのように心を摑《つか》む挨拶をしたいが下手に滑ったら余計に溝が出来そうだから普通に挨拶をしよう。

「俺は、病乃《やみの》魁人《かいと》。よろしく」

「「「「……やみの、かいと……」」」」

四人が俺の名前をゆっくりと口にする。必死に覚えてくれようとしているようだ。もしかして、家の主の名前を覚えないと失礼とか、粗相が少しでもないようにしないととか思って気を遣ったとかはないだろうか。だとしたら、余計なことをしてしまったかもな。ここは大人っぽいことを言ってフォローしておこう。

「えっと、何度も言うし、これからも言うけどこの家は自分の家だと思って好きに使っていいからね」

「「「「……」」」」

結構良いこと言ったと思ったのだが全員が黙りこくってしまった。妙な思惑が透けてしまったのか？

「どうして、お兄さんはそんなに親切にしてくれるんですか？」

千春がそう言った。その時の彼女の眼《め》は疑惑、恐怖、負の感情で溢《あふ》れていた。あの時は上司だからとか、親族だから引き取るとか、それっぽい理由を言ったけど彼女たちにとって父は、いや母も憎悪の対象でしかない。

自分たちを最初に化け物だと言って、それを親族たちに知らせたのは自分たちを守るはずの両親だから。

そんな人と仕事関係とは言え関係を持っている俺に対し、何処《どこ》か不安を拭えないのだろう。何と説明すべきか、大人の事情とか言うより正直に言うべきだと思うが……前世のゲームで見たことがあって、僅かに愛着がある子が酷《ひど》い目に遭うのを何となく放っておけなかった自身のエゴだと説明するのは絶対ダメだ。こいつ頭がオカシイと思われるだろう。

だが、四人と向き合いながら生活をすると決めたから嘘《うそ》はダメだ。言える範囲で言うことにしよう。

「うーん、どうしてかな……」

「ここまで来て、その、こんなこと言うのはあれなんですけど……引き取る理由も、詳しく聞きたいって言うか」

「あー、引き取る理由はね……実は、四つある」

「四つも!?」

「いや、四つではなく、三つだ……」

「……三つですか？」

えっと、そうだな……三つだな。うん。いきなり間違えてしまった。四つだと思ったんだけど……よく考えたら三つ。いきなり恥ずかしいな。俺も相当緊張をしているのだろう。

「えっと、そうだな。まずは上司の娘って言うのは理由としては……建前上はあるけど。俺、実はあの人嫌いだったんだよね」

「「「え!?」」」

凄い驚いてるな。じゃあ、何で引きとったんだよと言う疑問が四人の顔に書いてある。

「じゃあ、どうして……？」

「まぁ、それは他の理由を聞いてくれ。親族って言うのも一応理由だね」

「あ、そう言えばお兄さんはうちたちとどんな関係なんですか？」

「えっとね、三つ目の理由にも関係するんだけど……日辻四季《しき》さんって知ってる？」

「二年前に亡くなった……うちたちの従叔母《いとこおば》の方？」

「そうそう、その人が俺の超遠い親戚なんだよね。ほぼ、血のつながりはないけど」

「えっと、うちとお兄さんは……超遠い親戚ってことですか？」

「そうだね。でも、血のつながりはほぼないと思う。僅かに通じてるとも言い難いレベルだと思う」

「え、えぇ……それってほぼ他人って言うんじゃ……」

「他人とも言えるかもね、親にはマジで血縁遠すぎて他人として解釈するのが普通って……あ、ちょっと話脱線したね。それで四季さんにお世話になった時があって、あの人が前に子を引き取りたいって言ってたから、その遺志を継ぎたいみたいな感じかな？」

「そ、そうですか」

千春がずっと代表して俺と話す。色々と納得できないことがあったようだが、少しだけ納得したらしい。

「四季さん……良い人ですよね」

「うん、そうだね」

これは本当のことだ。ゲームでも日辻四季と言う女性は言葉だけ存在していた。元々彼女は日辻夫妻が四つ子を育児放棄していることに気づいており、代わりに育てようと引き取るつもりだったらしい。しかし、体が弱く死んでしまったために引き取ることが出来なかった。

これは引き取ってもらえると彼女たちの希望から、四季が死んでしまって引き取れずまた、絶望に堕《お》とされる描写として使われていたものだ。だから、四季と言う人物は一切登場しない。しかし、俺の記憶ではあの人が生きていた記憶があって、唯一あのクソ親族の中でお世話になった人だ。あの人だけは死んでほしくなかったなぁ。

「そんな理由があったんですね」

「うん。あとは、親族の人たちより俺の方が四人を幸せに出来ると思ったから、かな？」

「っ……そう、ですか……」

「そうなんだ。まぁ、そう簡単に俺を信用は出来ないと思うが……それなりには心を休めてこの家を使ってくれ」

「はい、ありがとうございます」

あ、全然心休んでいないみたいですね。顔が強張《こわば》ってますね。顔見ればわかる。これは無理に今接するよりも彼女たちだけにして心を落ち着かせる方が良いだろうな。落ち着いたら話をする方向に作戦をチェンジしよう。

「上の階に部屋用意してるから案内するよ」

「わざわざ……」

「気にしないで。じゃ、行こうか？」

俺はリビングを出て二階に上がって行く。我が家は二階建ての三十七坪の四ＬＤＫである。二階に部屋が三つある。まぁ、今は四人一緒が良いだろうから一部屋で、中学生くらいになったら二部屋に分けると言うプランを個人的に考えている。もし、今の段階で部屋を分けたいと言ったらそうすればいい。臨機応変に四人の願望に応えよう。

「この部屋、好きに使ってくれ」

「ありがとうございます」

「気にしないでいいよ」

良い大人感を出して俺は特に何も言わず下の階に降りて行った。後ろから四人の視線が背中越しに注がれる。色々深く考えてしまっているようだけど……。早く、四人がこの家に慣れてくれればいいな……。

◆

うちは日辻千春《ちはる》。日辻家四姉妹の長女である。うちたち四姉妹はお兄さんに用意をしてもらった二階の部屋で足を崩して床に座っている。案内された部屋は布団が四枚ほどたたんで置いてあり、それ以外には目立った物はないが開放感にうちたち四姉妹は包まれていた。

「ふっ、我の名演技によりこの家になんなく忍び込めたな」

「何言ってんのよ。ビビッてずっと後ろに隠れてたくせに」

「は、はぁ？　ビビッてないし！　あれ、実は実力がある主人公ムーブだし！」

「嘘つけ」

四姉妹の中のビビりの千夏《ちなつ》と千秋《ちあき》が新しい家に来ていきなり喧嘩《けんか》を始めてしまう。喧嘩を見ながらふと思う。はぁ、全く……どうしてうちの妹たちはこんなにも可愛《かわい》いのかと。こんなに可愛い子は全世界でも確実に五本の指に入るほどの可愛さだ。永遠に見ていたいけど。下にはお兄さんが居るから騒いだら迷惑かもしれない。

「二人共喧嘩はダメだよ」

「我は喧嘩してないし、千夏が一人でしてるだけだし」

「はぁ？　秋が一人で喧嘩してんじゃん」

二人が顔を近づけてメンチを切る。これも可愛い、うちの妹がこんなに可愛いなんて……うちの妹たちは毎秒ごとに可愛さの最高値を更新する。うち自身はそんなに可愛くない。そんなうちの妹がこんなに可愛い訳がないのに極上に可愛い。

「ちょっと、ちょっと流石《さすが》にそこまでにしとくっスよ。夏姉《なつねえ》も秋姉《あきねえ》も。折角心休まる所に住めることになったんスから」

「うぐっ、ま、まぁそうだな。今は我が引いてやろう」

「……そうね。私もほどほどにしとくわ。変に騒いで出てけなんて言われることだけは避けないとね」

「その通りっスよ」

流石四女の千冬《ちふゆ》。しっかり者である。硬式プロテニスプレイヤーの体幹よりしっかりしてる。流石うちの自慢の妹。うちの人生で数少ない幸運はこんな素晴らしい妹に出会えたことであるのだと思う。

「でも……確かにこの家自体は良いけどアイツは本当に信頼できるやつかしら？」

「悪の科学者的な感じか!?」

「バカの秋は放っておくとして、冬はどう思う？」

「うーん、そこに関しては何とも……でも、悪い人って感じはしないスけど」

「冬はそう思うのね……でも、絶対に心は許しちゃダメよ。いつ、誰が私たちを殺そうとするかわからないんだから」

……そうだよね。あのことはそう簡単に忘れられないよね。千夏の言葉に千秋も千冬も僅かに顔を暗くする。特に千夏は一番……身をもって恐怖を経験しているからそれが頭から離れないよね。だけど、全員が辛《つら》い経験をしていて、今までの生活を思い出すと全員の空気が重くなり始める、とそれを何とか軽くしようと千秋が急に声を上げる。

「何か、お腹空《なかす》いた」

「はぁ!?　この空気でそれ言う!?」

「だって、空いたんだもん」

「だもんって、子供か！」

「子供だ」

「確かにそうだったわね」

「そうだ」

先程の会話とは脈絡もない、さらに全く関係もない千秋の発言に思わずツッコミを入れてしまう千夏。だが、ツッコミが少々外れたようで逆に千夏が千秋にツッコミをされる。

千秋は素《す》で変なことを言ったりすることもあるが、雰囲気が悪くならないように敢《あ》えて場の雰囲気を崩すようなことを言うこともある。彼女が居なければ今、うちたちは笑っていないかもしれない。

「千冬もお腹空いたっス。朝から何も食べずここに来たから……」

「そうだね。もう、お昼の時間だし……うちがお兄さんに何か食べさせてもらえないか聞いてくるよ」

「じゃ、千冬も一緒に行くっス」

「大丈夫、一人で行くから三人は休んでて。うちはお姉ちゃんだから一人で行ける」

「そうか、何かあったら我を呼べ、我が邪眼の力でものの数秒で駆けつけてやろう」

「同じ家に居るんだから使わなくても数秒で行けるじゃない。と言うかそもそも秋にそんな力はないし」

三人はまだこの家に慣れてない。お兄さんと接することにも慣れてない。ここまで来るのに疲れてもいるはず。だから、休ませてあげないと。それに長女なのだからうちがしっかりしないといけないし。

「じゃあ、行ってくる。良い子にして待ってて」

部屋を出て階段を下りる。お兄さんの所に向かいながらこの家の内装を眺める。白を基調としている。汚れが僅かにはあるがそれでも掃除が行き届いている。あのお兄さんが綺《き》麗《れい》好きだと分かる。

リビングのドアを開けるところで、僅かに体が止まる。ご飯を食べたいと言って不機嫌になられたらどうしよう。我儘《わがまま》な子供だと思われたりしたらどうしよう。そのまま追い出されたらどうしよう。

あの人はそんな人ではない気がするけど、急に気が変わることもあるかもしれないし……。

体が止まり考えているとリビングからお兄さんが出てきた。お兄さんの手にはトレイがあり、トレイの上にはおにぎりが八個。卵焼きやウインナー、レタスサラダがお皿にもってありさらにはデザートのグミまで置いてある。ペットボトルのお茶も一本添えられている。

「お腹空いてるよね。今、持っていこうと思ってたんだ。これ、食べて」

「あ、ありがとうございます」

「気にしなくていいよ。一人で持って行けるか？」

「はい、大丈夫です」

「そっか、よく噛《か》んで食べるんだぞ」

お兄さんはふらっとリビングに戻って行った。トレイを渡された。至れり尽くせり、こんな良くされたの記憶に殆《ほとん》どない。あの人が悪い人ではないことは流石に分かったけど親切すぎるような……。親戚って言うけど、ほぼ血のつながりのないような他人。四季さんの遺志を引き継ぐと言っても、こんなに優しくて気が利くなんて……もしかして、噂《うわさ》に聞く……ロリ、コ……ペド……いや、でも、そんなことを考えてしまうのは失礼ではないだろうかと言う考えになり素直にお礼を言っておく。

でも、冷静になってよくよく考えてみると、四姉妹小学四年生を引き取って育てるなんて普通はしない。やっぱり、ロリ、コ、ペド、本当にこれ以上はいけないと思い頭を空っぽにして三人の待つ部屋に戻る。

「うわぁぁ、おにぎりだぁぁ！　卵焼きとウインナーも、グミもあるぅぅ!!　うーん……レタスか……」

千秋が早速目をキラキラさせて涎《よだれ》を垂らす。確かにお米が立っているし粒もしっかりとしていてとてもおいしそう。だが、レタスには渋い顔をしている。

「流石に……待遇良すぎじゃないかしら？」

「うちもそう思ったけど素直に貰《もら》っておこう？」

「……そうね」

千夏はお兄さんの好待遇に疑惑が尽きないようで。まさか、毒が入っているのではないかと変な風に疑いの眼差《まなざ》しを米に向ける、だが食欲には勝てないようで唾を飲む。

「美味《おい》しそうっスね。かなりの好待遇はありがたいっすけど……もしかして、ペド……ロリ、コ……いや、何でもないっス」

千冬は何かを言いかけるが口を閉じた。そのままおにぎりに三人は手を伸ばす。

「コメが我の口の中で、躍っているぞ……こんな美味しい料理久しぶりだ……」

「……確かにね」

「この卵焼きも美味《うま》いっス……」

うちもおにぎりに手を伸ばす。三角に纏《まと》まっている白いコメ。誰かに作ってもらって食べるのは本当に久しぶりだ。そのままおにぎりにかぶりつく。その時、過去が少しフラッシュバックした。

何もしてくれない。遠ざける両親。何でも良いからして欲しかった。抱きしめてくれるだけでも、名前を呼んでくれるだけでもそれだけでも良かった。

寂しくて泣いてしまう妹たち。寒くて、お腹が空いて、只管《ひたすら》に寂しくて寒い毎日。普通に生活できるのであればどれだけ良かったか。そう、何度も思った。自分が普通とは程遠いことは分かっている。でも、それでも願わずにいられない。

普通のご飯と愛情が欲しいと。

普通がどれだけ、欲しいか。願ったか。今、ようやく、その普通に僅かにだが手が届いた気がした。うっすらと瞳に涙が浮かんでしまうが長女が泣くわけには行かない。それを直《す》ぐに拭いておにぎりにもおかずにもかぶりつく。

美味しい物を食べているときは人は無口になると聞くがその通りだと思った。自分も三人も何も言わずに只管にご飯を口に運んでいるのだから。喉に詰まらせてお茶で流し込んでデザートのグミも四人で分けた。レモン味の引き締まった甘さが凄《すご》く美味しかった。久しぶりに外からの愛情を感じた。ここなら安住の地を見つけることができるかもしれない。ここでなら、普通になれる。三人も真っすぐ育つ。そう、うちは希望を持った。多少のロリコン疑惑なども少し心配だけど前よりいい場所なのは確実。今後、ココよりいい場所に巡り合えるかは分からない。だから、絶対にうちが、うちたちが普通じゃない超能力者であることはバレてはいけない……。

◆

『響け恋心』と言うゲームを語るうえで欠かせないのがヒロインたちの特徴ともいえる、超能力である。全ての始まりであり、同時に歪《ゆが》みでもあり、最後には希望。

主人公が所沢市立中央女子高校に入学して、ヒロインと恋に落ちる。その過程で明らかになる超能力。

超能力者とはその名の通り、超能力が使えると言うものだが中々に独創的な能力もある。千春は単純に氷結、何でも凍らせたり氷を生み出したりできる。この世界は別に悪の科学者とか居ないし、謎の能力者集団、謎の生命体などは一切出てこないからバトル描写なんてない。だが、もしバトルがあったと仮定すれば彼女が一番強力な能力を持っていると断言できる。

何でも凍らせる。単純にとんでもないものだ。だからこそ彼女の両親は恐れて遠ざけた。

そして、それを親族に話し化け物だと話したのだ。

人は幽霊とか妖怪などの未知を恐れると言うがそれは正《まさ》しく本当なのだろう。彼女の能力が目覚めた時から両親は一切面倒見ずに遠ざけ続け、挙句の果てには殺そうともしたのだから。

こういうことを思うのは悪いことなのかもしれないが彼女たちの親は親としてクズだ。面倒も見ずに軟禁のようなことをして殺そうともするとは胸糞《むなくそ》悪いにもほどがあるとゲームをプレイしているときも感じていた。

その後も高校に入学するまでは各地の地方などを転々とするときも胸糞。親族たちからも居ない者扱い。

それを変える為《ため》に引き取ったのに何だか彼女たち四人の心が安らいでいない気がする。

どうしたものか。先ほど手軽にできるお昼を渡したがあの程度では足りなかっただろうか。心置きなくこの家で過ごすにはある程度の俺の信頼、好感度と言っても良いかもしれないがそれが必要だろう。だから三女の千秋《ちあき》の好物のグミもさり気なく添えていたのだが……。

ゲームとかだと好物とかをプレゼントとしてあげると無条件に信頼、好感度が上がるがここはゲームではないからそういうのはないのかもしれない。

うーん、どうしよう。やっぱりまだ小学生だからレクリエーションしたら楽しくなって俺のことを信頼しないかな？

『俺と一緒にレクリエーションしようぜ！』

『『『『お巡りさんこいつです』』』』

ダメだ。二十一歳が十歳の四姉妹たちとレクリエーションはどう考えてもアウトだ。あ、お風呂ならどうだ？

日本の伝統、お風呂で湯船に浸《つ》かれば安心感を得て気軽に楽しくこの家で過ごせるんじゃないか？

『お風呂沸いたから四人ではいれよ』

これも、何か癖があるな。これくらいなら大丈夫だろうと一瞬思ったが絵面見るとなんか危ない感じがする。

不干渉は……それは引き取った身としてできないし。どうしよう。

俺が頭を抱えて考えているとリビングのドアが開く。そこにはおにぎりやおかずが載っていたお皿とトレイを持った千春《ちはる》が居た。

「ごちそうさまでした。お兄さん」

「お粗末様。どう？　美味しかった？」

「はい、とっても」

「それは良かった」

「この食器、うちに洗わせてください」

「いや、大丈夫。俺が洗うから」

「でも、ご馳走《ちそう》になったのに」

「大丈夫。気にしないで」

俺は彼女からお皿を預かり台所に向かう。水を流してスポンジで洗う。ふと彼女が気になり視線を向けると彼女はおろおろして落ち着かない様子。そうか、洗い物任せて勝手に部屋に戻るのは忍びないのか、と俺は察した。

「部屋に戻っていいよ？　ここじゃ、落ち着かないだろうし」

「いや、そんなこと」

「大丈夫、気にしないで戻っていいよ」

「はい、ありがとうございます」

彼女は一礼して部屋を出て行った。良い子だな。本当にいい子。でも、俺はやっぱりギャルな感じの話し方を推したい。

まぁ、彼女に強制をするつもりもないが。ある程度心を開いてくれればそう言うときも来るだろう。いつになるかは分からないけど。

彼女は普通に憧れているから普通通りに生活してほしい。長女として責任を感じるのは彼女の美徳とも言えるがそれは負担もかかっている。ありのままで少しでも生活できるようになって欲しいと常々願っている。

願っているうちに洗い物が終了した。

そう簡単に心は開いてくれないのは分かっている。不用意に関わってもダメだろう。俺はソファに座り暫《しばら》くはどのように接するべきか考えることにした。

◆

「我、お風呂入りたい」

昼食を食べ、一息をついたうちたち。この家の床が綺麗《きれい》で良い色をしていると言う話をしていると唐突に千秋が話を変えた。それはきっと本心でもあり、うちたち全員の意思の代弁でもあった。

「秋……アンタ相変わらず話が急ね……」

「だって外は暑いし、ここまで来るのに汗かいたし、べたついて気持ち悪い」

「まぁ、秋姉の言うことも分からなくはないっス。でも、それを言うのはちょっと気が引ける感じが……」

「いや、でもあんなにご馳走してくれたし、良い奴《やつ》そうだし、グミくれたし、お風呂くらい入らせてくれんじゃないかと我思う」

今の季節は夏。太陽の日照りは強く気温も高い。千秋の言う通りここに来るまでに相当汗もかいた。うちも実を言うとお風呂に入りたいと思っている。だが、千冬《ちふゆ》の言う通りお風呂に入りたいと言うのが躊躇《ためら》われると言うのも分かる。

だが、さらに千秋の言う通り親切なお兄さんがお風呂に入らせてくれると言うのも分かる。

「でも、それで機嫌損ねられたらとんでもないわ」

だが、さらに千夏《ちなつ》の言うことも分かる。うちの妹たち言うこと全部分かってどうしようもない。

「いや、行ける！」

「その根拠は何処《どこ》にあるのよ？」

「グミくれたから！」

「根拠に説得力がなさすぎる……」

千夏は頭を抱えて根拠のなさを嘆く。反対に千秋は目をキラキラさせている。千秋は人を見る目はしっかりある子だからね。そう言う判断になるよね。うちはそれは凄く良い判断だと思う。だけど千夏は慎重だから反対の意見になるのも仕方ない。石橋を叩《たた》いて渡るスタイルの千夏も素晴らしいと思うから……何も言えないなぁ。

「引き取ってくれて、ご飯もくれた。多分あの男は良い奴で懐も大きいはず、だからお風呂も入れさせてくれるはずだ。家も綺麗だし、お風呂も絶対綺麗だぞ！」

「……その理由なら多少根拠に思えなくもないわね」

「でしょ!?　でしょ!?　じゃあ……千夏、後はよろしく……」

「はぁ!?　何で私!?」

「我は、あれだから、秘密兵器だから」

「意味わかんない！　秋が発案者なんだから秋が行きなさい！」

「だが、断る」

千秋はお兄さんを信じ始めてはいるが自分から話したり頼んだりするのはまだ抵抗があるようだ。千夏は何とも言えないし、信じられないけど千秋が信じるなら多少は信じてよい。しかしだからと言って直接話すのは躊躇われると言う心境だろう。

「うちが行くよ、お姉ちゃんだし」

「じゃあ、千冬も一緒に行くっス」

「え？　いいよ、うちが……」

「春姉だけに負担かけられないっスから」

「でも」

「偶《たま》には千冬も頑張るっスよ」

千冬は親指を立てて笑顔でサムズアップしてきた。何て愛らしいのだろう。恐らく芸能界に入れてしまえば子役タレントの仕事を世紀の大泥棒のように盗《と》ってしまうこと間違いない。そして、そのまま大スターになってしまう。この子と同じ時代に生まれてきた子役タレントたちが少し可哀《かわい》そうに思えてならない。

この子には無限の選択肢がある。その選択ができるようになるなら、自由に羽ばたけるようになれるのであればこの子の為ならうちは何でもできると本気で思った。

「ふ、二人が行くなら我も行くぞ……特別に」

「ちょ、それじゃ私が一人になっちゃうじゃない！　だ、だったら私も行く」

二人より、三人、三人より、四人。皆がうちを支えてくれるのが嬉《うれ》しい。うちも皆を引っ張ってあげないと……。

「じゃ、うちが先頭で行くよ」

四人並んで列車のようになりながら、部屋から出て下の階に降りていく。そして下の階のリビングに入るとお兄さんがソファに座って難しい顔をしていた。お兄さんはうちたちに気づくと顔にぎこちない笑みを浮かべる。

「どうしたの？」

「あ、あの、」

うちが言い淀《よど》み何とも言えない空気が場を支配する。千冬も後ろにいる千夏も千秋も緊張でどう言葉を使えばいいのか分からない。失礼なく、頼み事。それは非常に難しいのだと思った。お兄さんはうちたちが頼みづらいのが分かるとお兄さんから聞き返してくれた。

「お菓子、食べたいの？」

「違います……」

「我的にそれは食べたい……」

うちが否定するが後ろでコッソリ千秋がアピールをする。うん、カワイイ。

「じゃ、テレビか？」

「違います……」

「我的にお猿のジョニー見たいかも……」

後ろで千秋が好きなアニメを見たいとコッソリアピールする。うんうん、可愛《かわい》いとしか言いようがないよね。そんなことが言えるなんて、うちの陰に隠れてはいるが意外と千秋が一番この中でお兄さんに心を許しているのかもしれない。

「もしかして……お風呂か？」

「は、はい」

「そうか……それくらい、もっと堂々と言っても良いんだぞ。沸かすからちょっと待っててくれ」

お兄さんはそう言って部屋を出て行った。あっさりと頼み事が成功してホッと全員が一息をつく。

「ちょっと、秋ッ。アンタ後ろでごちゃごちゃ五月蠅《うるさ》いのよ」

「だって……食べたいし、見たいし」

「私だって、堅あげロングポテトとか食べたいわよ。クッキングスーパーアイドルとか見たいの。でも、我慢してんの」

「いいじゃん、頼み聞いてくれそうだし」

「それで気分害されたらどうするのよ」

千夏と千秋が小声で喧嘩《けんか》を始める。膨れた顔をしてそっぽを向く千秋に千夏が詰め寄る。千秋の膨れた頬をつんつんと千夏は指で突《つつ》きながら喧嘩を続ける。

「お風呂入れてくれるみたいだし、良いじゃないっスか。もう、その辺にしとくっス」

「もし、我がお菓子貰《もら》ってても千夏にはあげないから」

「いらないし」

「喧嘩はダメだよ。二人共」

小声だが喧嘩を止《や》めない二人。あっかんべぇをする千秋《ちあき》をみて顔が徐々に赤くなっていく千夏。可愛くて一時間耐久で見たいけどこれ以上騒がれると大変なことになりそうだから流石《さすが》に仲裁に入る。二人の間に無理に体を入れてそこで喧嘩を強制中断。

二人は互いにそっぽを向きっぱなしだが偶に千秋が千夏の方を向いて再びあっかんべぇをする。三度喧嘩のゴングが鳴るがそれを千冬が宥《なだ》めて何とか喧嘩を完全に鎮火することが出来た。千夏が小声で後で覚えておきなさいと呟《つぶや》くと丁度そこでお兄さんが戻ってきて再びぎこちない笑みを浮かべる。

「お風呂沸いたからどうぞ、脱衣所はあっちだからな」

「ありがとうございます。お兄さん」

「どうも……」

「と、特別に我が眷属《けんぞく》に……してやらんでもない、ない……ないですよ？」

「ありがたく入らせてもらうっス……」

お礼を言って逃げるように脱衣所に向かう。服を脱いだけどこれはどうすればいいんだろう。洗濯機に入れて良いのだろうか？　でも、それだと洗濯しろよって言っている感じがするし。

千夏はツインテールを解《ほど》いて、髪をかき上げてそのまま服を脱ぐ。千秋も千冬も服を脱ぐがそこで動きが止まる。

「これ、洗濯機入れて良いんスかね？」

「いいんじゃないか？　我入れる」

「ああ、もう、この遠慮なし」

千秋が服を投げ入れてお風呂に入って行く。うちはすかさず洗濯機から千秋の服を取り裏返しになっている靴下とズボン、上着を整える。

「ねぇ、洗濯機入れて良いと思う？」

「……千冬は良いと思うっス。もう、多少は信用できる気がするっス」

千冬も服を入れてお風呂に入る。ただ、千夏は固まって動けない。

「千夏、どうしようか？」

「……千春《ちはる》はどうする？」

「……うーん、でもお兄さん良い人そうだし」

「上っ面は……そうね」

「……難しいね。人を信じるって」

「私たちの場合は特にね」

千夏の顔は複雑そのものだった。信じたい気持ちと信じられない気持ち。人から遠ざけられ続けた経験はそう簡単には消えない。彼女一人では決してその記憶から解放はされないからだ。迷いに迷って身動きが取れなくなってしまっている千夏を見てうちがリードしてやらないといけないと言う想《おも》いが湧く。

「……よし、千秋と千冬が服入れたし、うちらも入れよう」

「良いの？」

「うん、良いと思う。もし何かあってもみんな一緒。それで勇気が湧いてこない？」

「……うん」

千夏は脱いだ服を洗濯機に入れた。ハッと何かに気づいたうちはそれを直《す》ぐに取り出す。

「むむ、下着重なってる。靴下も裏っ返しだから直さないと……」

「なんかごめん」

服を洗濯機に入れてお風呂に入ると千冬が千秋の頭を洗ってあげていた。

「痒《かゆ》い所はないっスか？」

「ないー！」

「流石千冬。四女なのに……お姉ちゃんみたいに見える」

「秋が幼過ぎるからじゃない？」

「おい、聞こえてるぞ」

体を洗いっこしたり、髪を洗いっこして浴槽に入る。湯気が立ち上るお湯につかると疲れが取れる気がした。

「我はラーメンが食べたい」

「相変わらずの食いしん坊ね」

「だって、食べたいんだもん。千夏は食べたい物ないのか？」

「……ナポリタン、トマト煮のロールキャベツとか」

「うわぁ、食べたいなぁ」

千夏と千秋が話しているのを眺めているとコッソリ耳打ちで千冬《ちふゆ》が話しかけてくる。その表情は何とも言えない、いかんともいえない、そう言った迷いの表情だった。この家に来てしっかり者の妹だけど不安なこととかあるんだろうな。お姉ちゃんがしっかりと悩みを聞いてあげよう。

「春姉」

「どうしたの？」

「あの人のことどう思っスか？」

「良い人……？」

「まぁ、千冬もそう思ってるっスけど……その、それで、これからお世話になる人にこんなこと思うのあれなんスけど……」

「うん？」

そんなに、言いにくい不安なことでもあるのかな？　ちゃんと聞いてあげたいから続きをうちは促す。

「あの人、ロリ……」

「それ以上はダメだよ。考えちゃダメだよ」

「でも、なんだかんだ言って、十歳の四姉妹を引き取るって……ぺ、ペド……」

「だから、メッだよ」

「でもでも、考えちゃうっス。この千冬たちが入ったお湯とか変なことに使うとか……」

「本当にやめようか？」

　千冬は意外と博識だから変な知識がある。お兄さんのことが良い人だと分かっても、もしかして変態なのではと言う疑問が湧いてしまうのだろう。良い人と変態はイコールになる場合もあると考えてしまうだろう。

「この、お湯……大丈夫っスかね？」

「もう、お湯は良いから。千冬は疲れてるんだよ、このお湯で疲れを取って？」

「う、うん……確かにそうかもしれないっス。ご、ごめんなさい、春姉」

「分かればいいよ」

　千冬が自身を反省して湯船にゆっくりつかる。うちもつかって疲れをとっていると隣の話し声が聞こえる。

「あのね、我知ってるんだ。有名なラーメン屋さんと言うのはお湯に豚骨入れて何時間も煮込むらしいぞ。ジックリコトコトな」

「美味《おい》しそうね、良い出汁《だし》が出て」

「秋姉と夏姉……その話やめてもらっていいスか？」

「え？　何でだ？」

「何でもっス。可愛《かわい》い妹の頼みを聞いて欲しいっス」

「うん。分かった！」

「どうしたの？　冬？　頭抱えちゃって」

千冬が何を考えているのか分からないが頭を抱えている。この子の賢い所は良いことだけど変な知識も持ってるからそれはそれで問題かもしれない。まぁ、そういう所もチャームポイントだけれども……。

◆

うちたちはお風呂から上がって用意していた予備の服を着る。お風呂に入り全身がさっぱりしてとても心地が好《よ》い。

ホカホカと体も心も温まりながらお兄さんのいるリビングに戻る。お兄さんはソファの上に座りながらスーパーのチラシ、そしてお菓子を並べていた。背中に隠れている千秋がそれを見てソワソワしている。

「温まったか？」

「はい。とても……ありがとうございます」

「気にしないでいいよ」

お兄さんはそう言いながらお菓子を差し出す。柑橘系《かんきつけい》のグミとロングポテトのスナック菓子。

「あー、えっと食べたいって言ってたから……良かったら食べて？」

「ッ!! え？ 良いのか!? 我嬉《うれ》しい！」

「ありがとうございます」

後ろから出てきた千秋がお菓子を抱えるように持っていく。背中に居るから見えないが目をキラキラさせているのは容易に想像できた。

「晩御飯、何か食べたい物ある？」

「何でも大丈夫です」

「ハンバーグ！」

後ろからまた千秋が声を上げる。お兄さんとは殆《ほとん》ど目を合わせないが徐々にわがままを言い始めている。それが良いことなのか、悪いことなのか分からない。でも、あんまり言いすぎると不機嫌になられて、愛想をつかされて家から追い出されて……と言う心配はうちの中にもう、殆どなかった。

この人はそういうことはしない。それは僅かな時間だが分かった。恐らくだけど今まで出会って来た大人の中で一番やさしい人だと思う。

千秋もそれが分かってきたから徐々にわがままを言い始めているのだ。千秋がわがままを言うのは姉妹にだけだった。外には一切感情を出さず内の中で留《とど》めるだけ。それが外に出始めているのは嬉しいことだと思う。でも、ちょっとだけ寂しいなぁ、なんて感慨深いことを思う。

「分かった。今日はハンバーグにする……！」

恐らくお兄さんは無理をしてテンションを上げているのだろう。大の大人が千秋のテンションに合わせるのはかなりつらい部分もあるだろう。安心感をうちたちが抱けるようにこの家に慣れるように、気がねなく家で開放感に浸れるように。この人はそうしている。その証拠に笑顔がぎこちない。凄《すご》くぎこちない。でも、そのぎこちなさに何処《どこ》か安心感を抱いてしまったのも事実だ。お兄さんは部屋で四人でゆっくりしてと言ってくれた。だから、リビングを出て二階に上がって行く。千夏《ちなつ》は未《いま》だに不信感を拭えない表情だ。千秋はお菓子を嬉しそうに持って、千冬はうちに負担がかかり過ぎていないか気にしてこちらをチラチラ見ている。千冬に大丈夫だと視線を送る。互いの蒼《あお》い眼《め》が交差する。彼女もホッと安心して目を逸《そ》らした。心配してくれるなんて、姉思いの最高の妹であると感じた。うちはそれに恥じないように最高の姉で居ようと思う。

今、目が合って思ったがやっぱり千冬の眼は綺麗《きれい》な眼だな。海のように澄んでいる感じがする。千夏も千秋も綺麗な眼だ。……眼か……そう言えばお兄さんと初めてあった時、その時からうちはあの眼に優しさや安心感を感じていたのかもしれない。

その後、三人には言わなかったけど実はもう一つ感じたことがあった。あの時のお兄さんの眼……何処かで見たことがあるような……既視感のような、何か。お兄さんは黒い眼。でも、その黒い眼のどこか感情のない透明のような無機質のような……何かがあった気がした。気のせいと言えばそれまでかも知れないが……考えても分からない。でもでも、あの眼に懐かしさと言うか、儚《はかな》げさと言うか、黒い感情を感じたような……これ以上、考えるのは止《や》めよう。意味もないのだから。うちは目の前の姉妹たちのことだけを考えることが精一杯なのだからそれに集中しよう。

部屋につくと早速千秋《ちあき》がお菓子を食べ始める。あわわっと幸せそうな表情にうちもほっこりである。

「美味《うま》すぎだなー。これは」

「私にも寄越《よこ》しなさいよ」

「プイッ、嫌だ」

「むっ」

そっぽを向いてお菓子を渡さない千秋。それをムッとした表情の千夏が見る。またまた取り合いを始める二人。

「千秋、分けてあげて」

「千春がそう言うなら……」

「元々、皆の分ってことで貰《もら》ったんじゃない」

「このお菓子食べるの久しぶりっスね」

まぁ、うちがそう言わなくても千秋はあげてただろうけどね。千夏、千秋、千冬が床に腰を下ろす。部屋の中には机も置いてあるからそこにお菓子を置いて楽しそうに食べている。その光景が昔の光景に重なった。

自分たちを化け物だと恐れ、古いアパートにほったらかし。その家はトイレは汚くて、お風呂も狭い。小さい一人用のちゃぶ台に僅かに与えられたお金で買った食事を置いた。食事はスーパーで半額になるまで待ったり、パン屋さんのパンの耳を貰ってそれを食べた。お菓子なんて滅多に食べられない。食いつなぐために必死だった。普通の子たちがお菓子を買って貰って食玩を買って貰って、誕生日にはケーキとプレゼントを買って貰って、それが羨ましかった。それが普通だったから。そんな毎日になって欲しいと何度も思った。それが、今は綺麗なお風呂に入れて、お菓子も食べられる。三人が幸せそうにしている。それを見て思う……うちたちにはお兄さんが必要だ。

この先の三人の幸せの為《ため》には絶対に必要。

——何が何でも必要だ。

利用をしているのではないかと言う罪の意識を僅かに感じる。でも、それでも姉妹が幸せならそれでいいのだ。

「ちょっと、千春《ちはる》も座りなさいよ」

「うん、今座るね」

千夏がうちを呼ぶ。薄く笑って三人の和に入る、不意に視線を感じる。千冬がうちを心配そうに見ていた。

「春姉……大丈夫っスか？　何か……思いつめてるような」

「大丈夫だよ。ありがとう、心配してくれて」

「……何かあったらすぐに言って欲しいっス」

「うん、ありがとう」

千冬は優しい、視野も広い。本当に良い子。千冬だけは超能力がないのに親にいつか化け物になると恐怖されていた。自身はそんな思いをする必要がないとうちたちとの関係を断ち切ってもおかしくないのに。うちたちは能力があるのに一人だけなくて疎外感を覚えているときもあるのに長女であるうちを心配してくれる。

お姉ちゃん……ガンバラナイトね……。千冬だって頑張っているんだから。

◆

俺は四人を引き取った。快適な生活を送ってもらいたい。本来の生活より楽しく過ごして本来の彼女たちの人生とは違った経験をしてほしいと思っている。考えも僅かに変えて欲しいと思っている。特に日辻《ひつじ》千春には……彼女がゲーム開始までに辿《たど》る経歴は一番の胸《むな》糞《くそ》だ。

日辻千春と言う少女は姉妹絶対至上主義だ。四姉妹の長女でありしっかり者。超が付くほどの過保護。

姉妹に対する愛は本物だが同時に歪《ゆが》んでいるともいえる。

彼女は小さい時から両親から虐待を受けていた。姉妹全員虐待は受けていたが彼女が最も受けていた。何故《なぜ》なら他の姉妹を庇《かば》える範囲で庇っていたから。最悪な生活でも彼女が正気を保てていたのは姉妹が居たから。

ちょっと強気だけど優しい千夏、可笑《おか》しなことを言って笑わせてくれる千秋、心配をしてくれる千冬《ちふゆ》。彼女は僅か小学一年生と言う若さで姉としてこの姉妹たちをなんとしても守り抜くと誓ったのだ。

超能力が発現し、軟禁されても彼女は他の姉妹を気遣い、母親代わりのように愛を与え続けた。

他の家を転々としても常に後ろに姉妹を置いていた。正面には自分が立って、常に守り続けた。だが、その過程で彼女は知ってしまった。人の悪意や恐怖。彼女が全部それを受け止めたからこそ……気づいてしまった。

『不条理な世界』

……それに気づいた彼女はそれでも姉妹たちを気遣い続けた。中学になったら勉強も運動も三人の手本となるように頑張り、勉強を教え、運動を教え、家の住人から小言を言われ。

三人にお小遣いをあげたくて臓器を売ろうかと本気で考えていたこともある。それか、自身の体とか……幼いときから異様な環境に置かれてそれを全て背負うつもりだったのだ。彼女の自己犠牲に千冬が気付いて止めたことで何もなかったが彼女の姉妹愛と自己犠牲の心は異常である。

この家での生活で何かが変わって欲しいと思う。彼女が楽しく、安心して生活できるように俺も色々考えないとな……。ここでは何も背負ったりする必要もない、無理に頑張る必要もないと感じてくれればいいんだけどな。

◆

夜ご飯はお兄さんが手作りのハンバーグを作ってくれた。お兄さんはうちたちの部屋に運んでくれたのでそれを食べている。まだ、リビングでお兄さんと一緒に食べるのは抵抗がある……それをお兄さんも分かってくれているのだろう。

テーブルに料理を置くと三人は一目散にご飯を口に運ぶ。特に千秋の料理が載っているお皿が掃除機に吸われるように減って行く。横でそれを見ながら千夏が小声でフードファイターか、と突っ込んで、千冬は確かにそう見えると千夏に同調しクスクスと笑っている。その光景が微笑《ほほえ》ましい。

食べ終えると三女の千秋が口の周りにソースをつけまくっていたので四女の千冬がそれを拭いてあげる。本当はうちが拭きたかったのだが……ちょっと残念な気持ちになる。うちは姉妹のお世話し隊だからなぁ。うちがやりたかったなぁ。

「妹に拭いてもらう姉ってどうなのよ？」

「五月蝿《うるさ》い」

「これくらい、気にしなくて良いっス」

「そう？　まぁ、秋は幼過ぎるから仕方ないよね」

「な、何だと!!」

「あら？　本当のことを言っただけよ？」

「千夏、口にハンバーグのソースがついてるから拭いてあげる」

「あ、ありがとう、春……」

千夏の口にもソースが付いていたのでそれをうちがティッシュで拭きとってあげる。千秋のを拭きとれなかったから代わりと言うわけではないが拭き取る。姉妹のお世話をするのが自分の中でトップレベルで楽しい。

「ブーメランで草」

「う、うっさい！」

千夏の口を綺麗にしてティッシュをごみ箱に捨てる。ふと、千冬を見ると千冬の口にも僅かにソースが付いているのが分かった。

「千冬、拭いてあげる」

「え？　自分で……」

「いいからじっとして」

「んッ……どうもっス……」

子ども扱いが嫌いな千冬は気まずそうな顔をするがそれもまた可愛《かわい》い。一緒にそんなことをしながら食事を進めていると千秋がお茶碗《ちゃわん》を持ってソワソワしだす。

「おかわりしたいなぁ」

「わがままずぎじゃない？ずうずうしいって思われたら面倒だからやめておいた方が良いわよ」

「でも、ハンバーグちょっと残ってるし……これを白米で食べたい」

「気持ちはわかるけど……今日は止めておきなさい。太るわよ」

「……やめる」

自由奔放な千秋も女の子だからそう言ったことを気にしちゃうよね。お茶碗をテーブル
に置いてハンバーグにそのままかぶりつく。幸せそうな顔をして頬を緩ませる。千秋の笑
顔でお腹《なか》いっぱい!!

さて、姉妹全員が食べ終わったのであるからトレイに使った容器を置いて下の階に持っ
ていかないといけない。

うちがトレイを持っていこうとすると、

「我が持っていこう」

三女、千秋が立ち上がりトレイを掴《つか》んだ。彼女の顔は何故かドヤ顔であり両目のオッド

アイも輝いている。トレイを持っていくと言うことはお兄さんと自ら接する機会を作ると言うことだ。

どうやら彼女は餌付けされてしまった……ではなくお兄さんを信頼した。姉妹にしか話そうとしなかったあの千秋が自分から進んで何かをしようとするなんて、お姉ちゃん涙が出てきちゃうよ……。

「……千秋、アンタ、ビビりの癖に行けるの？」

「行けるとも。我、ビビりじゃないし！」

「ふーん……」

千夏《ちなつ》は不機嫌そうにそっぽを向いた。千夏はお兄さんを信用できないのに、千秋は信用をし始めているのが心のどこかに引っかかるんだよね。足並みがそろわないのが不安になってしまうのは分かる。でも、千夏も心の何処《どこ》かでは分かっている。

千夏は十歳だけど分かっている。姉妹は一番の理解者だけど姉妹の中でも共感できないことは必ずある。

それは分かっているけど、いざ目の前にすると心がざわついてしまう。何でも一緒が良いと思ってしまう。自分たちには自分たちしかいない、自分たちだけが真の理解者であるから。

異端な自分たちを受け入れる人は居ないから、存在しないから。それが少しでも遠ざかると思うと寂しくてどうにかなってしまうから。

千夏はそっぽを向いているがその背中からは僅かな、いや多大な寂しさを感じる。千冬もそれを感じて何か声をかけた方がいいのではないかと悩ましく考えている。

うちも姉としてこういう時は何かを言わないと……。

「なーに、このハンバーグを作ったシェフに挨拶をするだけだ。すぐに戻ってくるから安心しろ」

「わぷっ」

そう言って千秋《ちあき》が安心させるように笑った。そして、千夏の両頬を両手でぷにぷに揉《も》んで堅苦しかった千夏の顔をほぐす。千秋は偶《たま》に変わったことを言ったり、こちらが予想もしないようなことを言う凄《すご》い子、唯一無二の子。そして、何より凄いのは場の空気を簡単に変えられること。それを狙ってできるちょっとあざとい子。

昔から暗い中に居たうちたちにとって光であり続けたのが千秋だった。寂しくても痛くても悲しくてもこの子はそれらを吹き飛ばすことができる。吹き飛ばし続けてきてくれた。

それを聞いて先ほどまで悲しそうな顔をしていた千夏がクスリと笑みを溢《こぼ》す。

「ふふ、そう……じゃあ、せいぜいお皿落として割らないように気を付けることね」

「ふっ、あたぼうよ」

「……それ、意味わかって使ってる？」

「知らない。カッコいいから使った。逆に千夏は知ってるのか？」

「知らないけど？」

「あたぼうよって確か当然とか、当たり前だ、とかの意味っス」

「おお、流石《さすが》千冬やるな。まぁ、知ってたけどね。敢《あ》えて、知らないふりをしただけだから」

「あら、奇遇ね。勿論《もちろん》、私も知ってたわ。三女と四女を試したのよ」

「へぇー、そうなんスか……すごーい」

「その言い方信じてないわね？」

　魔法使いと言っても過言じゃない。流石千秋。うちや千夏、千冬が場の空気を変えたいときはどうしても齟齬《そご》が生まれるような、違和感を残してしまう。それを一切残さない正に匠《たくみ》の技。お姉ちゃんは今感動している。

「では、行ってくる」

「うちも付いてくよ。何かあったらあれだし」

「気にするな、一人で行ってくる」

「でも、お皿落としたら危ないよ？」

「あたぼうだから大丈夫」

　千秋がドヤ顔でそう告げた。だが、トレイを持つ手が少し震えて心配だ。千秋の筋肉量的にちょっと一人で持つには厳しいのかもしれない。

「何か、使い方違くないっスか？」

「気にするな」

そう言いながら彼女は両手でトレイを持って部屋を出る。だが、そこでやはりトレイを持って震えている手が気になってしまった。千秋がお兄さんと接して何かしらの良い経験を積むことは良いことだと思う。千秋が自分から姉妹だけの内でなく外の何かと交流をドンドンしていくのは良いことだと思う。でも、もし、階段で落としてガラスが散らばりその上に千秋が落ちたらと……ガラスの破片が世界の秘宝の千秋に刺さってしまう。これは見過ごせない。

「やっぱり、お姉ちゃんが持っていくよ」

「え？　いや、だからべらぼうだから……」

「うんうん、危ない」

「いや、だから、べらぼうだって……」

「危ないよ」

「だから、べら……」

「危ないから寄越《よこ》して……ね？」

「……はい」

しょんぼりの表情、おもちゃを取り上げられた子供のような悲しい顔をさせてしまったことに心臓を蜂に刺されたかのようにちくりと痛みがするがこれはしょうがないのだ。万が一怪我《けが》でもされたら大変。怪我の可能性があるならうちは未然に防がないといけない。

「春姉って偶に凄い過保護っスよね？」

「偶にとか言うレベルじゃないわよ……春は」

「まぁ、でも千冬たちを思ってのことっスから」

「そうなんだけどね……」

後ろでひそひそと声が聞こえてくる。うちは全然過保護じゃないと思うけど、そう見えるのだろうか？　過保護の人は自身では自覚がないって聞いたことがあるけどどうなんだろうか？　まぁ、うちは過保護じゃないし？　普通に姉妹が心配だからどんなことでも支えてあげたくて、未然にトラブルを全て、微塵《みじん》も残さず消し去りたいって思ってるだけだから、過保護じゃないんだけどね。でもまぁ、思春期の妹からはそう言う風に見えてしまうのかもしれない。まぁ、姉妹でも多少感性は違うものだ。気にしなくてもいいよねー。

「……べらぼうなのに」

トレイを取り上げられた千秋の顔が悲しみから、いじけたように頬を膨らませる表情に変わる。

「ごめんね。でも、怪我したら危ないから」

「むすぅ」

「膨れないで？」

「だって……」

「じゃあ、一緒に行こう？　役割分担してさ……うちがこのトレイを持つから、このフォーク四本持って貰《もら》っていい？」

「ねーねーはいつもそうやって全部一人でやる……」

そう言ってフォークを四本渡すが納得がいかないようで……どうしよう。いじけてしまった。プイッと目を合わせないで別方向を向いてしまう。これはいつものいじけた時の行動パターン。流石にまずかったかもしれない……でも、怪我したら危ないのだ、そこは分かって欲しい。でも、こんな状況でも偶にしか言ってくれないねーねーが嬉《うれ》しくて喜んでしまう自分が居る。

ねーねー、かぁ。昔は凄い頻度でそう呼んでくれたのに……最近では眷属《けんぞく》とか姉上とか、呼び捨て……はぁ、昔みたいにねーねー、ねーねーと呼んでくれないかなぁ？

ねーねー、たった四文字でこれ以上ない満足感。低ＧＩ食品より満足する。うちは何を考えているのだろう……いけない。千秋をいじけさせてしまったのに……どうすれば……

はっ！

「……お姉ちゃんの背中を守る係やって貰っていい？」

「それ、どんなの？」

「もしかしたら、急に堕天使とか悪の科学者とかがお姉ちゃんを後ろから襲ってくるかもしれないからそれを守って欲しいの」

「……おお、それやる！」

「うん、お願いね？　じゃあ、背中を守る為《ため》には手ぶらじゃないといけないからフォーク預かるね」

「うん！」

　さり気なくフォークを貫い、トレイに載せ部屋を後にする。後ろから千秋が付いてくる。

先ほどとは違い足音だけで気分が良いのが感じ取れる。

「偶に秋姉が……心配になるっス」

「……そうね。私も本当にそう思う」

　コソコソと千夏と千冬《ちふゆ》が話しているがよく聞こえなかった。

◆

「姉上、背中は任せろー！」

「うん、分かった」

「ククク、野菜人は全員皆殺しだ」

「皆殺しなんて怖いこと言ったらだめだよ？」

「はーい、じゃあ、お命頂戴しますって言う！」

「うーん……まぁ、それなら……」

　野菜人って誰なんだろう？　うちが知らないようなことを知っていて凄いなぁと感心をしながら下の階に降りる。リビングに入るとお兄さんがソファに座りながら夕食を食べていた。うちたちと同じハンバーグと白米などなど。千秋がそれを見て美味《おい》しそうと小声で発する。本当はまだまだ食べたりないんだろう。体重のことを気にしなければもっと食べたいんだろうなぁ。

「食べ終わったのか？」

「はい、ごちそうさまでした」

「そっか……ん？」

お兄さんがうちの後ろに隠れている千秋に気づく。千秋は先ほどまでの勢いは何処へやら、部屋に入った途端にいつものように背中に隠れてしまった。うちの肩に手を置いてひょっこり顔の一部だけ出してお兄さんを見る。その状態で緊張で手を震わせながら口を開く。

「あ、あの……ご、ごちそうさん……だ、だ、です……」

「美味しかったか？」

「う、うむ」

「そうか、それは良かった」

千秋はコソコソしながらもお兄さんとしっかり話す。そして、千秋はリビングに置いてある机にグミが置いてあることに気づく。まだ封の開いていないグレープ味。

「これ、食べたいのか？」

「う、うん」

「姉妹で食べるんだぞ」

「あ、ありがとう」

腕をわななと恐れるように出してグミを受け取る。そして背中に隠れる。すると早速開封音とグミの咀嚼《そしゃく》音《おん》、幸せそうな喜びを抑えられないような何とも言えない声が聞こえてくる。

「ありがとうございます。お兄さん」

「気にしなくていいぞ」

お兄さんと言葉を交わすと再び背中越しに千秋が口を開く。先ほどより出してる体の面積が大きい。

「あの……その……主《あるじ》のことは何と呼べばいい？　これから一緒に暮らしてくれるなら、何か決めた方が良いと思って……」

「うーん、何でもいいけど……」

「じゃあ、ドラゴンマスター……？」

「……カイトで頼む」

「分かった。カイト」

お兄さんはドラゴンマスターと呼ばれると苦笑いをした。流石に予想外過ぎたんだね、千秋の発想力は大人の発想を凌駕《りょうが》するってことだね！

「我、は千秋でいいぞ？　それか深淵《しんえん》の監視者か……サウザンドマスターとか」

「あー、じゃあ千秋で……」

「……そうか」

千秋《ちあき》はちょっと残念そうな顔をした。サウザンドマスターの方が良いのだろうか？　千秋の方がうちは可愛《かわい》いと思うけど。そんなことを考えながら後ろにいる千秋を見ると、千秋はそうだ、っと何か重要なことを言い忘れていたと再び口を開く。

「あ、あと、さっきの自己紹介で言えなかったけど我は天使と悪魔のハーフ、だから、そこのとこよろしく」

え!?　嘘《うそ》、千秋って天使と悪魔のハーフだったの!?　とは流石《さすが》に驚かない。うちたちの親は天使じゃないし。二人共悪魔だったし……。こういう風にフランクに話を持っていこうと千秋はしているのだろう。

「……そうか、奇遇だな。俺も氷の一族《北海道民》と炎の一族《沖縄県民》のハーフなんだ」

「えっ！　そうなの！」

千秋はお兄さんがハーフだと知ると背中から勢いよく飛び出した。炎と氷の一族とは千秋に合わせて言ったんだろうけど……なーんか、千秋の扱い方を心得てるような気がする。ほぼ初対面なのに変だなー。

「ああ、だからハーフのよしみで遠慮せずこの家を使っていいぞ」

「おおおお――――！　お前、超良い奴《やつ》！」

こういう風に千秋は偶《たま》にうちたちの知らない独特の言語を使う時がある。だけど、それについてくる者は殆《ほとん》どいなかった。姉妹でも偶にどう返していいのか分からない時があった。聞いてて面白いんだけどそれが理解できないことは多々あった。だから、息をするかのように自身と同じテンションで返してくれたのが嬉しいのだろう。

「お、おう……急に、凄《すご》いな……」

お兄さんもここまで千秋が活発化するとは思ってなかったようで僅かにたじろいでいる。

ううぅ、千秋の眼《め》がキラキラしている。姉として、妹を取られたようで非常に面白くない！

「ふふ、そうか。お前があの夢に出てきたアイツか……」

「え？」

「えっ……？」

「あー……コホン、おかしいな、あの時の記憶は消したはずなんだが……」

千秋が急に返事が難しそうなことを言うとお兄さんは一瞬、複雑な顔になる。だが、返事がもらえない千秋の悲しそうな顔を見ると右手で右目を押さえて声を低くしてそれっぽい回答をする。お兄さんノリが良いな……面白くない！

「ふぁぁぁぁぁ!!　ねーねー、コイツ凄い！」

「良かったね……」

「うん、ここに来てよかった！」

「そ、そう……」

何だろう、妹を取られたような、手を離れていくようなこの喪失感は。良いことのはずなのに、良いことのはずなのに……悲しいなぁ……そして、面白くない!

千秋も右手で紅の右目を押さえる。

「ふっ、記憶は消せない。人間は一度会ったことは忘れない。ただ、思い出せないだけだ!!」

それを忘れたと言うんじゃ……思わず、ツッコミを入れてしまいそうになるけどノリが悪いと思われるのもイヤなので黙って置く。

「なん、だと……」

「ムフフ、コイツすげぇとしか言いようがねぇ……」

ううぅ、寂しい……。お姉ちゃんだってそれくらいできる! お兄さん、そこ代われ……でも、千秋の楽しそうな顔を見るのは幸せな気分。うちが代わってもお兄さん以上のセリフが言えるとは思えない。天国と地獄とはまさにこのことだ。

「カイトすげぇ! 同志!」

眼が、眼がキラキラしてる。星々の天の川を詰め合わせたような、太陽に照らされたハワイの海のような、彼女の眼には本当に輝きがあった。千秋はきっと期待をしているのだろう。ご飯もお風呂も綺麗《きれい》な部屋もある。優しくて、自身の好みにもあっている。この家に来て僅か数時間だけど、それでもこれからが今までない素晴らしいものになると感じたのだろう。苦笑いをしながら千秋に付き合うお兄さん。

「我が眷属よ……なぜ、頬を膨らませているんだ?」

「べっつに……」

千秋が首をかしげる。そのままうちの頬をぷにぷに触る。

「おお、フグのようだな」

「うちは魚介じゃない」

「分かっているぞ？」

「むっすー」

お兄さんは微笑《ほほえ》ましそうな顔で見て何も言わなかった。そのままうちはフグの状態のま
ま、リビングを出て部屋に戻った。ちょっと、面白くないけど。でも、千秋が心を許せる人が増えたのは嬉しかった。

◆

食器を返してくれた二人が二階に戻って行った。てっきり長女だけか、来るとしても千冬かと思っていたが、三女で厨二《ちゅうに》系の千秋が来たのはちょっと意外だった。来たのは良いがまだまだ警戒心が抜けないようなのを見てずっと堅苦しいのは疲れてしまうだろうなぁと言う予想は簡単にできる。同じ家にいるのだから、家ですれ違った時、鉢合わせた時、洗面台で歯磨きをするとき一緒になったりするたびに気まずいのは精神が擦り減っていく。だから、それらを未然に防ぐために気がねなく話ができるようすべきだ、それか何となく

話せるくらいにはなりたいと思い言葉を交わしてみようと試みて、とっさの判断で彼女が好きな厨二的な話し方を試してみたのだが思ったより効果があって少々驚いた。少々で済んでいないような気もするが……あの、仲間を見つけたみたいなキラキラした目で見られたらいやでも厨二を演じなければならないと言う使命感が湧いてしまう。

……これから常にあの感じで行かないといけないのであろうか……？

正直キツイ。と言うか恥ずかしい……まぁ、なるようになるか。あんなに喜んでくれたわけだし……しかし、心を開いてくれるのは嬉《うれ》しいけどあんなに急に懐くとは……まぁ、ゲームでも好感度が上がりやすいキャラではあったけれども。

ゲームでは好感度を上げる方法は三つあった。まず一つはイベントが起こりそれを乗り越えたり、経験したり、協力したりすることで上げる方法。二つ目は単純にプレゼントをあげること。三つ目は触れ合いモードと言う方法。触れ合いモードと言っても頭撫《な》でたり、手つないだりと言うありがちな方法。イベントやヒロインによって好感度の上がり方に差異があったりはするが、千秋はかなりスムーズに好感度が上がりやすい。『響け恋心』で俺が一番最初に攻略したのが千秋だったのを覚えている。

このまま行ったら……まままま、まさか俺が千秋の攻略を……!?

なんて、あるわけない。そう言った要素で好感度が上がるのは主人公だから上がるのであって、俺がいくらプレゼントをしても幾分か上がる程度で恋愛対象になるには程遠いだろう。

と言うかあり得ないだろう。そもそもこの世界は百合《ゆり》ゲーなんだし、最終的には主人公がフィニッシュを決めるだろう。俺としては四人全員一緒に幸せになって欲しいからハーレムルートでお願いしたいが……それは今考えても仕方ないか。何にせよ、千秋が過ごしやすくなったのは良い傾向だ。このまま姉妹全員がそうなってくれるのを願うばかりだ。

俺はただ主人公が現れる高校までにちゃんと育てるくらいしか出来ることはないのだろう。俺には主人公のような凄いことはできない。救ってあげることはできない。『大したことのない』人間だから。

ただ、あそこまで急に懐かれると千秋は懐いているけど他の子は懐かないってことがありそうだな。そうなると必然的に姉妹によって距離感が違くなってしまう。姉妹の誰が相手だからって態度を変えるのはしたくない。一緒に住むと言うのをノリで決めてしまったが難しいんだなと感じた。

◆

この家に来て初めての日が終わりを告げようとしている。ふかふかのお日様の香りがする布団。クーラーが使えて部屋の中が涼しい。部屋の電気はオレンジの光の常夜灯。快適だなぁ。これが当たり前になると思うと心が安らぐ。

今までの夏は蚊が居て暑苦しいから寝苦しくて、うちが部屋の一部を凍らせたっけ……。

千秋が寝相が悪くてお腹《なか》を出してしまうからそれをしまってあげて千夏《ちなつ》が夜は怖いからと甘えてきて、千冬《ちふゆ》は気を遣って甘えたいのに甘えなくて。

お腹が空《す》いて皆眠れない日もあった。

でも、今は違う。千夏はお腹いっぱい食べて気持ちよく寝ている。千秋は寝相が悪くて自身の布団から飛び出して千冬の布団を占領状態にしている。二人共寝息が気持ちよさそうだ。

あの時のことを昨日のように思い出す。親から虐待され、超能力が目覚めて放逐されて、彷徨《さまよ》っていた時とは違う。今は最高の幸せに近い。境遇が違いすぎて僅かな違和感が湧いてなかなか眠れない。ぼーっとオレンジの常夜灯を見上げていると隣から声が聞こえてきた。

「春姉……起きてるっスか？」

「うん、起きてるよ」

千冬も眠れないようでうちに声をかけたようだ。彼女の方を向くと薄暗いが彼女も自身を見ているのが分かる。

「眠れないの？」

「そうっスね……」

「そう、うちも眠れないよ」

「いろいろ違いすぎるからっスか？」

「そうだね……体がびっくりしてるんだと思う」

「千冬もそうかな……あ、でも秋姉が急に占領してきたからちょっと寝苦しいと言うか、それもあるっス」

気付くと千秋が千冬を抱き枕のようにして寝ている。羨ましい、両方とも。

「ふふっ、千秋は千冬と千夏が大好きだからなんだかんだ言っても、起きてる時でも寝ているときでも一緒に居たいんだよ。だから、我慢してあげて」

「分かったっス……でも、秋姉は春姉のことも大好きっすよ」

「だと良いね」

「きっとそうっス」

千冬の方を見ると最早《もはや》千秋は占領を超えて、同化していた。千冬とくっついて離れない磁石のようにギュッと抱き着いている。千冬は千秋の顔を見て可愛《かわい》いなぁっと思っているに違いないし、何だかんだ安心して嬉しいに決まっている。

そんな状態の千冬と同調しつつ会話を続ける。

「でも、秋姉はかなりこの家に馴染《なじ》んでるような感じっスね」

「そうだね、千秋は素直だし人を見る眼があるから直《す》ぐにここが安心できる場所って気付いたのかもね」

「……直ぐに信じれる秋姉は凄いっスね」

「うん……」

その後は千冬は何も話さなくなった。千冬は……きっと羨ましいんだね。自分にない、自分にしかない物を持っている千秋が。でも、それを口には出せない。うちが普通を欲しいと彼女は知っているから、憧れていると知っているから。それを言えない。うちも千冬には何も言えない。彼女が特別を求めているから、そこにどのように踏み入って良いのか分からないから。異端である自分が彼女にかける言葉は彼女からしたら同情のようにしか聞こえない耳障りな物だから。難しいなと感じて、でもこれからどうするか、どのように向き合っていくか考えながらうちもきっと千冬も重くない瞼《まぶた》を無理やり閉じた。

大丈夫、時間は十分にある。安心できる場所もある。色々なことが見えてくるようになって、普段考えないようなことも考える時間も出来るから、きっと何か見つけることが出来る。千冬にかけてあげられる言葉も見つけることが出来る。きっと……そう思っていると自然と意識が遠くなっていった。

四人が家に居候して数日が経過した。未《いま》だに二階の一室が彼女たちの行動範囲の主軸であるが千《ち》秋《あき》と千《ち》春《はる》は偶《たま》にテレビを見にリビングに降りてくるようになった。まぁ、千春の場合は千秋の世話を兼任しているんだろうけど。テレビのチャンネルをカチャカチャ変えてアニメを見たり、子供番組を見たりしながら子供らしいワクワクした表情を見せていた。見終わったあとは感想をわざわざ俺に報告もしてくれた。

『団地ともや君面白かった！』

『日本語で遊ぼうぜは良く分かんなかった……諸行無常？　でも、億兆の次が京ってのは歌で分かった！』

ただ、はしゃいでいる子供のように千秋は話す。千秋はテレビを一緒に見ようと千春、千夏、千冬を誘うが千夏と千冬の二人は部屋の中で良いと言うらしい。二人は基本的には部屋の中で話したり勉強をしたりすることしかしない。今は夏休み期間と言うことになってるからな。新しい学校に二学期から転校と言う形になっているが、だからと言って宿題がない訳じゃない。千夏と千冬はそれをずっとこなしているんだろうなぁ。

それも良いんだろうけど俺としては二人にももっと外に出て欲しい。理由は単純に外の世界を知ると言うのは良いことだしな。知りたくても知れなくて怖くて動けなかった前とは違う環境に置かれてると思うし。一種の経験として姉妹以外の人とかかわることは大きな意味があると思う。外が怖いのは分かるけどもっと自由になってもいいはず。だけどそれが出来ないのは俺に最低限の信頼さえないからだろう。ずっと部屋にいるのは健康に悪いと思う。体を動かして心身ともにリラックスをしてほしいけど……無理に俺が誘ったりするのもダメだろうな。気遣いされて逆にストレスとかになってしまう可能性もあるし。難しい。どう、接するべきか非常に難しい。千夏と千冬も色々抱えているものがあるが、だからと言ってそれに踏み込むのも良くない気もする。頭の中で色々考えているとテレビを見ていた千秋が俺に話しかける。

「カイト！　今日の夜ご飯は⁉」

「そうだな……まぁ、野菜炒《いた》めかな？」

「おー！　やったぁ！」

この子、何を出しても喜ぶから作り甲斐《がい》がある。ご飯を食べた後にわざわざ下の階に降りてきてお礼を言って行くほどだ。この子を見ているとどんな便宜でも図ってあげたいと思ってしまう。おかわりも気持ちよくしてくれるから気分が凄《すご》くいい。それほどまでにこの子は良い子なのだ。

ただ、やはり厨二的な行動には困らせられる。

『逆流性食道炎!!』

『それは……必殺技じゃないんだが……』

『え？　そうなの？　じゃあ、……どんなのが良い？』

『え？　そうだな……狂い咲き千本桜……とか？』

『おおおお、何かカッケェ』

心臓が痛くなる。だが、そんなことは言えない。そして、何故《なぜ》か千春がライバル視をしてるような気もする。

『むぅ、お姉ちゃんも考えられるよ？』

『どんな？』

『……逆流性食道炎』

『それ、さっき言った！』

俺もそんなに厨二《ちゆうに》的な物に詳しいわけではない。だから、そんなに厨二を振られても応えられるか分からない。そして、逆流性食道炎は必殺技じゃないだろう。そんな俺に張り合わなくても良いだろうに……。

偶にだがテレビを見ているときに千春は千秋を膝の上にのせて両手をシートベルトのようにお腹に回す。そのまま千春が『この子は渡さない』的に千秋をロックして、ライバルを見るような視線を俺に向けてくる。

既に今日、二回あった。獲《と》るつもりもないんだが……百合ゲームをやっているときでも中々のシスコンっぷりだったがそれを間近で見ることはいつかあると思っていたが……実際に見るとやはり、ゲームの世界に居るんだなと感じる。

「からくり侍面白れぇ」

銀髪でオッドアイ、厨二と言う属性を詰めるに詰め込んだ女の子千秋。彼女は現在十歳だ。一般的に見たら年齢以上に幼く見えるのかもしれないが彼女は今まで子供の時を過ごせなかった。その分を今取り返していると思うと少し悲しくなる。だから、これから思う存分過ごしてほしいものだ。

もう時間は五時半を回った。夕ご飯を作り始めようと台所に向かい、冷蔵庫から野菜を出し、肉を出し、テキパキと一口大に切り炒めているうちに時間は過ぎていく。料理に集中して気付かなかったが千春が側《そば》にいた。

「お兄さん、何か手伝います」

「いや、大丈夫だ。千秋と一緒にテレビ見ててくれ」

「いや、でも」

「じゃあ、味見してくれ」

俺は野菜炒めを小皿に入れて小さいフォークと一緒に渡す。彼女はそれを受け取る。だが、これがお手伝いになるのかと言う疑問があるようで食べるのを一瞬渋る。眉が中央に寄ってしまっている。

「味見も立派な手伝いだからな、よろしく頼む」

「はい、分かりました……美味《おい》しいです」

「味薄くないか？」

「丁度いいです」

彼女がそう言うとひときわ大きな声がリビングから聞こえてくる。

「ああー！　ずるい！　我も味見したい！」

こちらに指を差しずるいずるいと言いながら走ってくる。顔はむすっとしている。

「カイト！　我も味見したい！」

「分かった、千春その小皿貸してくれ」

「はい」

俺は小皿を返してもらいそこに野菜を再び載せて千秋に渡す。彼女はフォークで野菜を刺して口の中に入れる。何回か咀嚼《そしゃく》してごくりと喉を通すとニッコリ笑顔になる。

「美味《うま》い……美味すぎて馬になりそう」

「味薄くないか？」

「んー、ちょっと薄いかも」

「塩コショウ入れるか……」

味を足して再び小皿に野菜を載せる。

「肉味見したい」

千秋はフライパンの中をのぞいて野菜以外にも肉が入っていることを確認している。だから、今度は野菜ではなく肉を食べたいと言うことだろう。野菜と一緒に炒めた薄いバラ肉も小皿の上に載せる。

「ほい」

「うむ……美味しい……美味しすぎて……えっと……なんだろう……とにかく美味しい！！！」

「そうか、じゃあ、これでいいかな」

味を整えて料理を終える。

「もう、夕ご飯か!?」

「ちょっと早いけど食べてもいいかもな」

俺はそう言っていつものようにトレイにご飯やら汁もの、野菜炒めと箸をおいて千春に渡す。

「ありがとうございます。お兄さん」

「ありがとうな！　カイト！」

ピンク髪に碧眼《へきがん》の千春。銀髪にオッドアイの千秋。髪の色と眼《め》の雰囲気も僅かに違うが顔の造形が似ている。性格も違うけど二人が並ぶと姉妹だなと感じた。

千春がトレイを持って千秋が彼女の背中を守るように出て行った。一体全体千秋は何を吹き込まれたのか……まぁ、大体予想はつく。

俺も野菜炒めを食べるかとダイニングテーブルにご飯を置いて適当にテレビのチャンネルを変える。すると、子どもの育成術と言う番組がやっていた。どうやら、若いアナウンサーが成金おばさんのような人にインタビューしている場面が映ったので気になって見る。

『どうやって、東大に合格を？』

『それはもう、幼いころからの勉強を』

勉強か……千春が一番頭がよくて、千冬《ちふゆ》は二番目なのは知っているが千夏《ちなつ》と千秋は全くと言っていいほどできないんだよな。ゲームが始まるのは高校生からだが、主人公と一緒に勉強するイベントが起こるのだが鬼が付くことわざを答えなさいと言う問題で千秋は『鬼の眼を移植』とか答えるくらいだ。

これは勉強に力を入れるべきだろうか。ゲームが始まるときまでにこういった欠点を潰すことをしていいのか迷うところだがエンディングの後がゲームではないがこの世界ではあるはずだ。

今俺は彼女たちの親のような立ち位置、そこら辺も考えないと。取りあえず俺は子育てなんてやったことないからテレビを見て勉強しよう。

『我が家では一度も勉強しろなんて言ったことありませんの』

『ええ!?　そうなんですか!?』

『勉強とは自分からやること。親がやれと言うなんて言語道断』

俺、前世からだが自分から勉強したこと殆《ほとん》どないんだが……そういう風に育てないといけないのだろうか？

無理じゃね？　結局勉強しろ、勉強しろって小言みたいに言いたくないなぁ。それに勉強してない奴《やつ》が勉強しろって言えるだろうか？　否、無理であろう。どうしたものだろうかと頭を悩ませているとリビングのドアが開く。

「カイト、ご馳走様《ちそうさま》！　美味しかった！」

「お兄さん、ごちそうさまでした」

千春がトレイを持って、千秋はニコニコ笑顔でリビングに入ってくる。

「カイト！　明日はハンバーグが良いぞ！」

「考えておくよ」

「と見せかけてカレーでも良い！」

「なんで見せかけるんだ？」

何というか、こんな良い子がこんなに懐いてくれて、しかもご飯を美味しいと言って食べてくれるのは素直に嬉《うれ》しい。幸薄い人生を歩んできたんだろう。これからの道はなるべく明るい道になって欲しいなぁ。衣食住を提供するのが俺に出来る主なことなんだよなぁ。

「ほら、千秋あんまりリクエストが多いとお兄さん困っちゃうよ。一つに決めないと」

「うーん。じゃあ！　間を取ってハンバーグカレーにしたい！」

「間から欲望が飛び出しちゃったね。でも、そういう所も可愛《かわい》いよ」

「えへへ、我カワイイ！」

ほのぼのするなぁ。明日はハンバーグカレーにしようかな。明日の献立を三人で少し話した後、千春と千冬は出て行った。

◆

『いっ、いだいよぉ』

肩を押さえてうずまる。ジンジンと痛みが広がり、瞳から涙が零《こぼ》れ落ちる。千春《ちはる》が我の頭を撫《な》でる。千秋《ちあき》と千夏は部屋の端で震えて泣いている。涙で目の前が霞《かす》んでよく見えないけど、いつも前には千春が居た。いつもいつも守ってくれたのは千春だ。

千春だけが立ち上がって……母と向かい合う。

『もう、やめて。皆限界だからっ』

千春がいつも守ってくれた。ずっと、守ってくれて、慰めてくれた。それでも、怖かったのは変わりない。毎日怯《おび》えて、背中に隠れて生きていた。

千春も千夏も、千冬も怖かったと思う。いつも泣いていた。千春は隠していたけれど泣いているのを知っていた。超能力が目覚めて誰からも遠ざけられて。自分たちが世界に受けいれられないことが悲しかった。暗い中に居た。我も、千春も千夏も千冬も。寒い、お腹《なか》が空《す》いた、怖い、寂しい。狭くて、小汚い部屋、四人で一緒の時は楽しいけど何処《どこ》かにいつも負の感情があった。心の中を全部幸せで満たしたかった。お腹いっぱいにご飯を食べたい、お日様のにおいのする布団で寝たい、安全で清潔な家に住みたい。温かい目で自分たちを見て欲しい。

ずっと、願っていた。……皆で幸せになりたい。ずっと笑って居たい。それを願ってしまうのは分不相応なのかな。

「……んんっ」

私は目覚めた。上にはオレンジの光、下は布団。近くには長女の千春、一応姉の千夏、妹の千冬が気持ちよさそうに寝ている。変な夢を見て自分だけ起きてしまった。

もう一度、寝ようと思ったがいつもすぐに眠れるのに不思議と眠れない。姉妹である三人の顔を見ていると以前より穏やかな表情で安心する。そして、徐々に不安が湧いてくる。今は幸せだけどそれがいつまで続くなんてわからない。また、辛《つら》い日々が来るのではないかと。幸せからの絶望は一番つらい。一度知ってしまった幸せの味は忘れられない。きっと以前より辛さが身に染みるだろう。染みてしまうだろう。

また、皆が泣く姿は見たくない。心がざわついて眠るなんて気に全くならなくなってしまった。それでも寝ないといけない。明日から新しい学校に通わないといけないからだ。寝ないといけないのに……不安がドンドン大きくなっていく。雪が降り積もるように心に負担が積もっていく。不安で不安で仕方ない。怖くて怖くて、仕方ない。最悪を常に想定してしまう。

ダメだ、眠れない。そう思った時にふと下の階から音が聞こえてきた。まだ、カイトは起きているのだろうか。会ってから数日しか経《た》ってないけど彼は優しさを向けてくれた。色々してくれた。この家に住まわせてくれて、ご飯を食べさせてくれる。ご飯が凄《すご》く美味しい。今まで会って来た大人の中で一番やさしくて安心する人だと思った。でも、それも私たちの一面しか見ていないからだろうか。カイトも本当の我らを知ったら拒絶するのだろうか。父や母のように親族のようになってしまうのだろうか。捨てて、気味悪い化け物を見る眼で見るのだろうか。

そう考えると益々《ますます》怖くなり居ても立っても居られない。部屋を出て、下に降りていく。一刻も早く話を聞きたい。そう思って足を動かす。リビングはまだ電気が付いており中に入る。

「あれ？　眠れないのか？」

「……うん」

カイトはどうしたと言う心配の眼を向ける。膝を床に下ろして目線を合わせる。優しい眼だ、これが変わってしまうと思うと、元の生活に戻ってしまうと思うと怖くて、怖くて、皆がまた泣いてしまうと思うと、悲しくて悲しくて涙が溢《あふ》れてくる。泣くことはしたくないのに、笑って居たいのに涙が止まらない。

「大丈夫か？　何かあったのか言ってみてくれ、最後まで聞くから」

「うっ、うん」

寄り添ってくれる。自分たちと同じ目線に立ってくれる。そんな人と巡り合えたことは自分たち四姉妹にとって数少ない幸運なのだろう。だからこそこの人から見放されて、過去に戻ることがこんなにも怖い。本当なら笑って、何ともないように聞くのが正解なのかもしれない。でも、それが出来るほど私の精神は安定していなかった。

「あ、あの、カイトには感謝してるッ……ご飯も布団も部屋も、全部。面倒を見てくれて、感謝してるッ」

「……うん」

「それでね、ずっと泣いてた千春も千夏も千冬も今じゃ泣かないの。安心して皆眠れるのッ。凄く毎日が楽しくて嬉しくて幸せだから。カイト……」

自分でも何が何だか分からず、言葉が上手《うま》く出てこない。頭の中に伝えたいことがあるのに繋《つな》がらずちぐはぐになってしまう。でも、それでもただ、伝えたくて口を開いて紡いだ。

「——我たちを、私たちをッ、捨てないでくださいッ」

自分がどんな顔をしているか分からない。大きく歪《ゆが》んでいるのかもしれない。涙があふれて、嗚咽《おえつ》もして、鼻をすすってしまう自分は彼の眼に良くは映っていないと言うのは分かる。

カイトは近くにあるティッシュ箱から数枚紙を取って私の涙を拭いた。怖くて目線が合わせられなかったがふと目を上げるとカイトはぎこちない笑みで真っすぐ私を見ている。

「捨てないさ。絶対に。引き取りたいと言ったのは俺だから、俺からは投げ出したりはしない。約束する」

「本当に？」

「嘘《うそ》ついたら、針を千本飲んでやるさ」

「絶対？」

「絶対だ」

ジッと見つめ合う数秒間。カイトが嘘を言っていないのが分かった。完全にじゃない、でも、少しだけ安心と嬉しさがこみ上げる。

「鼻水出てるからチーンしようか」

カイトがティッシュを取って我の鼻にあてる。そこにチーンをした後は涙を再び拭いてもらった。カイトがごみ箱にティッシュを捨てる。その後、再び目線を近づけた。

「千秋。俺は何があっても捨てないし、何が分かってもそれがどんな事実であれ、捨てはしない。千秋たちが笑ってハッピーエンドを迎えるまで」

「……ハッピーエンドになったら捨てちゃうの？」

「いや、そういうことではないんだが、何というか親の手を離れると言うイメージ……難しいかもしれないが……」

「イヤだ！　我はカイトと一緒にいるぞ！」

「……娘が好きなパパの気持ちが分かった気がする……えっと、まぁ、千秋が心配しているようなことにはならないから安心していいぞ？」

そう言って再び出る涙をティッシュで拭く。

「だから、もう泣くな。明日から学校なのに顔が腫れちゃうぞ？」

「うん……でも、カイトが変なこと言うから」

「それは悪かった……でも、さっき言った通り捨てないし投げ出さないから安心して寝てくれ。分かったか？」

「うん……」

再び私の涙を拭き、チーンをしてそれをごみ箱に捨てるカイト。カイトはこちらを見ずに恥ずかしいことを言うようにそっぽを向いたまま話した。

「千秋たちは辛い経験があったと思う」

「……うん……今でも忘れられない、忘れたいのに」

「そういう辛い経験は忘れることは難しいと思う」

「そうなのか……」

「だから、ここで姉妹たちと楽しく過ごして一つでも多く幸せな経験をしてくれ。そうして、思い出を増やして、辛い思い出以上の思い出の数にして。最後に詰まらないことがあったなとか、面白いあんなことがあったなと笑えるくらいにさ……なればいいと思わないか？」

「ッ。そう思う！」

「だよな……」

「我、そうできるように頑張る！」

「……俺も協力するよ」

「本当か！」

「ああ。だから、今日は寝るんだぞ？　明日学校だからな」

「うん、了解した！」

私はリビングのドアを開けて外に出る。

「我、カイトのことが大好きになったぞ！　おやすみ！」

「お、おう……これが、娘を過保護にしてしまいそうになる父親の気持ちか……」

手を振って二階に上がって行く。気持ちが軽くて顔がニヤニヤしてしまう。心が躍って、どうしようもない。

結局、そのせいで夜は中々眠りにつけなかった。

◆

何か良いこと言って安心させたくて……それっぽいことを言ったんだが、何か恥ずかしさが湧いてくる。

ああいうの苦手なんだよな。何というか熱い熱血的なことを言うのは恥ずかしい。でも、複雑に言うよりああいう風に言った方が伝わるし、変に伝えると思ってもいない感じに捉えられるかもしれないからあれがベストなのかな。

つい泣いている千秋を見て、どうしても安心させてあげたい欲のような物が出てしまった。頭を撫でることで安心させようと思ったが流石《さすが》にそれは出来なかった。よく、ドラマとかで熱血教師が不良に語ったりしているが……どういう心境でやっているんだ？

まぁ、そこはどうでもいい。

問題は千秋が可愛《かわい》すぎると言うことだ。俺は、断じて、全く、これっぽちも、微塵《みじん》もロリコンではない。

可愛いと言うのは娘として見てと言うことである。よく、アニメとかで過保護な父が娘に嫌われると言うのがあるが、どうして過保護になってしまうのか良く分かった気がする。保護欲が湧いてしまうとついつい過剰に反応してしまうのだろう。だが、引き取ったからには責任もある。過保護とは言わずとも理想の保護者のような、理想の父ポジのようなモノを目指そう。

そうすれば、最終的にゲームが始まった時に腕を組んで、後ろでうんうんと頷《うなず》きながら幸せな気持ちで主人公に任せて見守ることも出来る。よし……理想の保護者を目指してみるかな。

◆

朝、うちの顔に朝日が差し込んだ。布団から体を起こして背伸びをする。まだ眠気が取れずウトウトしながらも布団をたたむ。

うち以外はまだ誰も起きておらずうちの地域、いや……県、いやいや関東、いやいやいやいや世界、いやいやいやいやいや宇宙一の可愛い姉妹たちが天使も尻込みするような女神のような顔でスヤスヤと寝ている。

千冬《ちふゆ》の寝顔をうちは見る。あー、可愛い。彼女の髪に僅かに触れる。茶髪もふわふわしている。だらしなさそうに口の開いた寝顔。カメラがあったらパシャリとシャッターを切りたい。まぁ、姉妹でも勝手に写真で撮るのは嫌がられるかもしれないからやらないけど。

今度は千秋《ちあき》。銀髪が輝いている。ああー、可愛い。ん？　眼《め》が少し腫れているような……どうしたんだろう。もしかして、昨日の夜一人で泣いてた？

悪い夢でも見たのだろうか？　色々あったもんね。今が幸せでも思い出してしまうこともあるだろうし。あとでハグして頭をなでなでしてあげよう。ついでに耳かきも……。

さて、最後は千夏《ちなつ》。まさに金塊。黄金の髪の毛。涎《よだれ》を垂らして寝ているのも、いと可愛い。可愛い。大事なことだから何度でも思ってしまう。可愛いと。

いつもの凜《りん》とした目は閉じている。まつ毛も長くてパーフェクト。パーフェクトシスターだ。

うちの妹たちは今日も可愛すぎる。朝からすごーく気分が良くてこんな時間を永遠に過ごしていても良いのだがそんな訳にはいかない。何故《なぜ》ならば今日から学校に行かなければならないから。初日から遅刻をするわけには行かないのだ。うちたちは今日からこの近くの小学校に通うことになっている。

今までは夏休みであったから九時ごろまでぐっすり寝られたけど、もう、そうしてはいられない。

「皆、起きて。朝だよ、学校に行く準備を……」

「んんッ……あ、朝？」

「「すぴー、すぴー」」

そう言って起きてくれたのは千冬。流石しっかり者の千冬、いつも助かっているありがとう。しかし、千夏と千秋には全くうちの声は届いていないようで起きてくれない。もう一度呼びかけないと。

「おはようっス……春姉……」

「うん、おはよう、ほらほら、二人も起きてー」

千冬は起きてくれたが未《いま》だにウトウトしており、眼も開いたり閉じたりを繰り返している。多分、まだ寝ぼけているんだろう。

「……キクラゲはどうなったんスか？」

「起きてー、千冬ー、今日から学校だよー」

「はッ！　そうだった！」

どうやら、完全に起きてくれたようだ。でも、寝ぼけている姿も可愛かった。起きた彼女はそのまま千秋の方に寄って体をゆする。

「秋姉ー、朝っスー」

「んーん！」

千冬が体をゆすると、千秋はまだ起きたくないのだろう。一枚だけある掛布団で頭を隠す。そのままモグラのように隠れてしまった。

「隠れてないで、起きるっス！　千冬だって寝てたいんス！」

「ん――!!」

掛布団の引っ張り合い。思わず見てしまうがうちは千夏を起こさないといけない。

「千夏ー、起きてー」

「……」

「千夏が朝弱いのは知ってるけどお願い起きてー！」

うちは千夏の体をゆする。しかし、彼女は起きない。一切目を開けず、体も動かさない。

「千夏ー！」

「ん……すぴー」

一瞬反応するが再び夢の世界に旅立っていく千夏。本当は寝かしておいてあげたいけど起こさないと。

心を鬼にして彼女の体を強くゆする。姉妹の中で朝が一番弱いのは千夏だからかなり強めにゆすらないといけない。

「千夏――――――――!!!」

「んんッ！」

「おはよう！」

ようやく、起きてくれた。

「すぴー」

「千夏────!!」

と見せかけて夢の国に旅立ってしまう。全然起きない。

「秋姉！　起きるっス！」

「んんん！！！」

あっちではまだ布団引きをしている。これじゃあ、キリがない。本当にこれは一番やりたくなかったけど……ごめんね？　と心の中で謝りつつ、うちは千夏の布団を引っ張って位置をずらし日の光が差し込んでいる場所に彼女を誘導した。

「んんんん!!　ま、まぶしい!!　やめてー」

「ご、ごめんね？　でも起きて！　学校だから！」

「が、学校……あああぁ、眩《まぶ》しい……力抜けるー」

うちは再び日の光が差し込んでいない方に布団をずらした。千夏は起きてくれたようだった。髪は寝癖で少しだけぼさぼさだけど、眼もぱっちり開いて完全に目覚めている。寝ぼけ率〇パーセント。だが、若干のジト目をうちにしている。

「ねぇ……酷《ひど》くない？　今の起こし方……私、日の光って凄《すご》い苦手なんだけど？」

「ごめん……これしかなかったから」

「体ゆすればいいじゃない」

「それじゃ、起きなかったの」

「……大声出すとか」

「それもやった。ほら、今日から学校だから早く着替えて」

「……はーい」

少し、不機嫌そうにしながら彼女は着替えを始める。さて、隣でやっている布団引きも終わらせないと。

「ほら、千秋。もう起きよう？」

「んーん！」

「もう、こんな調子っス……」

「うーん……ごめんね？」

うちはかなり強引に布団を引っぺがした。千秋は投げ出され布団の上を一回転。そして、そのまま彼女を日の当たる方へ。

「眩しい……」

「眠い……」

「はい、おはよう」

「それでも、おはよう」

うちは千秋を無理に起こして万歳をさせる。そのまま万歳のポーズを千秋にさせて上着を脱がして着替えを手伝ってあげた。

「春姉……秋姉を世話しすぎじゃ」

「いいんだよ。これくらい姉妹なら普通」

「そう、っスかね？」

「そうだよ。ほら、千冬も着替えて着替えて」

その後は顔を洗ってあげたり、歯磨きや髪型を整えてあげたりして、リビングに向かう。

まだ、お兄さんと接するのに慣れていない千夏と千冬は一旦自室に戻らせた。部屋に入ると既にお兄さんが朝食を作ってくれていた。

「自分で起きてこられるなんて偉いな」

「フフフ。まぁな！　我の体内時計は正確なんだ！」

千秋がドヤ顔をしている。腰に手をやって胸を張る。……まぁ、自分で起きた？　ということでいいのかな？

「それより、カイト今日の朝食は!?」

「卵焼きとみそ汁、白米だな。あと、麦茶」

「おおー、やったぁ！　カイトの卵焼き、大好きだ！」

……んん!?　千秋、あんまり大好きって単語使わないんだけど……いや、使うけど、大好きってお姉ちゃんあんまり言われたことないんだけど？　精々三百二十八回くらい……それをこうも簡単に大好き一回を稼ぐなんて……。

おのれ、卵焼きめ……いや、違う。これは卵焼きとしてカウントするのかな？　お兄さんにカウントが入るんじゃないだろうか？

んんん!? しかも、二人の距離が昨日より近いような……気のせいかな？ いや、明らかに気のせいじゃない。これは、どういうこと？

いや、いいんだよ。お兄さんと仲良くなって楽しくお話ができるようになるのは。この家での生活も楽しくなるし、ずっと話せないままなのはダメだし。

でも、急にそんなに距離が近くなるのは寂しいよ。ずるいよお兄さん。嫉妬祭りだよ。

確かにお兄さんには感謝しているしお世話になっている。千秋が懐くのは分かるし、楽しくお話もしていい。しかし、この短期間でこんなに好感度が上がってしまったと言うことはその内、特別な関係とかになるのではと感じてしまう。年齢的には離れてるけどどうなんだろう。

……妹たちだけは渡せない。

勿論《もちろん》、思い過ごしと言うこともある。だから、当面は現状把握位にとどめておこう。思い過ごしではなかった時は……。

もし、お兄さんが良い人でも千秋は渡さないよ！

第四章

懐いた千秋

yurige sekai nanoni otoko no ore ga
heroine shimai wo shiawase ni shita shimaumade

「カイト！　今日の晩御飯は!?」

「あー、そうだな」

「ハンバーグカレーって約束した!!」

「じゃあ、そうするか」

「おおー、うれしー」

お兄さんが仕事に行くついでに車で送ってくれるらしいのでうちたちは現在車内。助手席には自分から飛び乗った千秋が座っている。後ろにうちと千夏と千冬の三人が並んで座りながら二人の会話を聞いていた。

「ねぇ？　秋の奴《やつ》、いつの間にあんなに懐いてるの？」

「さぁ……千冬は知らないっス」

車で学校に向かう途中で凄く二人が話している。千秋がお兄さんにこれでもかと話しかける。

確かに大人と話す機会なんて今までなかった。初めての体験で楽しいのは分かる。でも、お姉ちゃんだってそれくらいできるよ。だから、お姉ちゃんに話しかけてー。

「春が凄い眼してるんだけど？」

「秋姉を取られたと勘違いしてるんじゃないっスか？」

「ああー、そういうこと……まぁ、確かに私も思う所はあるけどね……」

隣でひそひそ話をしているが全く聞こえなかった。

「我、ハンバーグで嬉《うれ》しいな！　しかもカレーもついてるなんて！」

「美味《おい》しく出来ると良いけどな」

「カイトの腕を我は信用してるから、大丈夫だ！　我この間食べたハンバーグ大好きだから超楽しみ！」

ああ！　大好きって言った！　また言った！

ハンバーグの野郎……って違う。これもお兄さんのカウントに入るのか。じゃあ、既に二回目⁉　ええ⁉　それはないよお兄さん！　既に三百二十六回差じゃん！

「何か、春が悔しそうな顔してるわね」

「嫉妬っスね。普段のクール顔が凄い崩れてるっス」

嫉妬に心を支配されながらうちたちは新たに通う小学校に到着した。所沢市立中央小学校。校庭に複数の遊具やサッカーゴール、そして年季の入った校舎。ここで今日から勉学に励むのかと眺めながら同時に、前のお兄さんと千秋《ちあき》を見る。千秋はお兄さんにありがとうと言ってから笑顔で車から降りる。うちたちもお礼を言って車から降りるとお兄さんも同じように降りて、先生と話したりもしてうちたちを預けた。

「じゃあなーカイトー！　ハンバーグカレー約束だぞー！」

WM

手を振ってお兄さんを見送る千秋。嫉妬もあるがこの子が少し成長したような感じがして嬉しくもなった。

だが、やはり嫉妬の方が強い。

お兄さんに嫉妬しながらも校舎の中に入って行く、外からでも分かるがやはり年季が入っている感じがする。この学校はどうやら各学年、二つのクラスがあるらしく、一組にうちと千秋、二組に千夏《ちなつ》と千冬《ちふゆ》、と言うことになるようだ。

「では、二人は私についてこい」

できれば、四人一緒が良かったなと思いつつも途中で二人と別れる。二人は二人の担任の先生の方についていき、うちと千秋は手を繋《つな》ぎながら担任の女の先生について行く。うちたちのクラスの担任の先生は目つきが少しだけ怖くて、厳格な性格を感じさせる女性教師。厳しそうな人だけど美人だなー。妹たちには負けるけど。

「フッ、転校生の謎感を出して大いに箱庭に囚《とら》われた人間たちを驚かせてやろう。お前たちが逆に転校してきたみたいな空気感でドヤってやる！」

「そう……自己紹介できなくなったらうちが代わりにしてあげるからね？」

「心配には及ばないぞ。姉上。余裕のよっちゃんだ」

そう言って不敵に笑う千秋。

「ここが四年一組だから、ちょっと待っていろ」

「はい」

「……ッ!!」

そう言うと先生は教室内に入って行く。うちは淡泊に手で返事をして、反対に千秋は急に慌て始める。まぁ、千秋はこういう自己紹介的なのは苦手だよね。シャイな一面もあるし。先生は児童たちの前である程度話し終えるとうちたちを見た。

「それじゃあ、入って来い」

「はい」

「ひゃ、い」

千秋が凄い緊張している。うちの服の裾を掴《つか》み背中に隠れてチラチラ教室内の児童たちを見る。

教室はさほど広くもなく丁度いい広さ。後ろに本やら掃除用具入れ。壁には絵や、墨汁で文字が書かれた半紙などが画鋲《がびょう》で貼り付けてある。

児童人数は大体、四十人かな？　転校生と言うのは興味を引くようで凄い好奇な視線が注がれる。あんまり好きじゃないな、この視線。千秋もきっとそうなのだろう。

「自己紹介お願いしてもいいかな？」

「日辻《ひつじ》千春《はる》です。後ろの子は日辻千秋です。よろしくお願いします」

千秋は緊張して自己紹介どころではないのでうちが千秋の分も兼ねて挨拶をする。そうするとこのクラスの児童たちはうちがそう話すと拍手したり、ひそひそ話したりしている。

そして、一人の児童が手を上げた。先生がその子に聞いた。

「どうした、質問か？」

「双子なんですか？」

「いや、千春ちゃんたちは四つ子だ」

「「すげぇぇ!!」」

児童たちの大声にびくりと後ろの千秋が震えた。珍しいのは分かるが出来ればやめて欲しいな。全員が大声を出しているわけではないのは分かっている。だけど、大人数で声を出せば自然と大きな声になってしまう。大声はあんまり好きじゃない。両親に怒鳴られたり良くしてたから若干トラウマだしね……。

「もう、騒ぐな。二人はあそこの空いている席に行け」

煩わしい児童たちを宥《なだ》めつつ新しい席の場所を先生が指差す。うちと千秋の席は後ろのようで二つの席だけが列からはみ出して並んでいる。お隣さんだから何かあればすぐに手助けができる位置。これは最高だ。ビクビクしている千秋を窓側にしてうちはその隣に座る。席についても視線が凄《すご》い。

この視線が収まるのはだいぶ先だろう。千秋をあんまり見て欲しくない、ビックリしてしまうから。とは言ってもそんなことを言うわけにもいかない。はぁ、とため息を溢《こぼ》した。千夏と千冬は大丈夫だろうか？　こちらはあまり良い感じはしない。二人も同じ心境なのではないだろうか？　隣のクラスの二人が心配になった。

◆

四姉妹は大丈夫だろうか。本当なら親族の下に居て違う小学校に通っている。だけど、現在はゲーム本編が始める地域で過ごすはずでない小学校で過ごしている。通っている小学校が違うと言うこと自体は僅かな差だけどそれがどのような変化を及ぼすのか……。

唸《うな》りながら書類を整理していると……隣の佐々木小次郎《ささきこじろう》が話しかけてくる。

「そう言えば、引き取った四姉妹どうなった？」

「一人の子とは少し話せるようになったくらい……か？」

「へぇー……」

何やら変な目で俺を見てくるがそんなことを気にしている暇はない。夕ご飯のハンバーグカレーであったり、四つ子姉妹であったり、考えることが沢山ある。

「お前、給湯室に居る女の人たちに何て言われてるか知ってるか？」

「知らないけど」

「光源氏《ひかるげんじ》」

「……そいつらひっぱたく」

「やめとけ」

「俺はロリコンじゃないし、健全なんだよ。普通にスタイルが良い人が好きだし。言っても通じないだろうけど」

「ロリコン予備軍が言いそうなことだな」

まぁ、傍《はた》から見たらそう見えるだろうな。納得も理解もしたくないが、そうなってしまうこともあるのだろう。仕方ないなと思いながら書類を整理する。頭を切り替えて……光源氏かぁ。そう言う風に見えてしまうのか？　確か物語上の人物で子供育てて、そして恋愛的な関係になったりして、ロリコンでマザコンで……。俺はそう言う人間ではない。ロリコンではないんだ。断じて違う。

社内でそんな風に思われるとは……まぁ、しょうがないか。急に子供四人も引き取ったわけだし。これ以上考えても意味はない。俺は今度こそ頭を切り替えて仕事に没頭した。

◆

初めて来た日の体育の授業。まだまだ、夏の暑さが少し残っているけど八月末だから秋の涼しさも感じられる校庭。うちたちは体操着に着替えて外で準備運動をして校庭を走っている。体育は一組も二組も合同で行うらしい。うちにとって全員の頑張る姿が見えると言うのは嬉しいことである。合同授業に感謝ー。

「な、なんで、こんな日に走らないと、いけないのよー」

「あ、ち、千冬、走るのはむ、無理っス……」

太陽に照らされながら校庭を何周も走る。千夏と千冬は運動が苦手だからね。まぁ、千夏は陽《ひ》の光が出ている時限定だけど……二人はフラフラになりながら校庭を走る。千夏のツインテールは凄い揺れて、千冬はカチューシャで髪を押さえているおでこに僅かに汗が滲《にじ》んでいる。既にうちやほかの児童とは何周も差がついてしまっている。

「ワハハ！　一位だ！　わっしょいわっしょい！」

一人だけ明らかに違う速度で走り抜けていく千秋。その速さまさに閃光《せんこう》。姉妹の中で一番運動神経が良い彼女は千夏と千冬だけでなく他の同級生さえも置き去りにする。悔しがって千秋に対抗する人も居るけど、誰も敵《かな》わない。千秋はフラフラの千夏と千冬を再び抜いて走って行く。と思ったら二人の走るペースに速度を落とした。

「だらしないぞ」

「はぁ、はぁ、室内だったらアンタなんかに負けないわよッ。ああ、もう、世界が暗黒に包まれればいいのに!!」

「おおっ……」

「厨二《ちゅうに》仲間見つけたみたいな顔しないで！　私とあんたは違うわ！」

千夏と千秋が話しているのを少し後ろで見て僅かに頬が緩む。

「千冬、覚えておけ」

「な、何スか？　もう、正直、は、話す気力も……」

「姉より優れた妹など存在しない……」

「それ、いま、言う必要あるっスか？　言いたいだけっスよね？」

「フッ、また会おう」

千秋は再び走り出す。誰よりも速く、銀色の髪が激しく揺れる。それを見届けた後、うちはふらふらの二人のそばに寄った。

「背中、押してあげよっか？」

「じ、自分で走れるっス」

「わ、私も」

「そう……何かあったら言ってね？　ずっと後ろで待機してるから」

「そのセリフ、既に四回は聞いたっス……」

「過保護過ぎよ……」

二人に手助けの相談をするのはこの体育時間だけで既に四回目だけどかなり控えめにしてるんだけどな……。まぁ、いっか。

いつでも手助けできるように二人の可愛《かわい》い後頭部を見ながらちょっと後ろを走っていよう。

◆

「よし、俺はもう帰るぞ」

「定時帰宅か？　珍しいな」

佐々木が俺の宣言に反応する。そう言えば、以前の俺はそんなに定時帰宅はしていなかったなぁ。特に行きたくもない飲み会に付き合いとして行ったり、残業をしたりで殆《ほとん》ど八時を回ってたし。だが今はそうはいかない。家に四人が居るし、夕飯作る為《ため》には早く帰らないといけない。

「これからはこれが普通になる」

「そうか、四つ子ね」

「その通りだ」

「……この後は夕飯を作ったりするんだろ？　大変だな」

「いや、別に？　俺は高校からずっと自炊だから慣れてる。夕飯なんて一人も五人も大して量は変わりない」

「意外に高スペック……そう言えばお前親になんて言われたんだ？　引き取ること」

「両親は両方他界してるから何も問題はない」

「何か、すまん」

「いや、大丈夫だ。心の中に居るからな」

「……そうか」

「じゃあ、そういうことで」

「お疲れ……」

俺は荷物を纏《まと》めて佐々木や同僚、先輩などに挨拶をして市役所を出る。急いで車に乗って家に帰る。今日は初めての四姉妹の登校日だから、先生とも色々話す必要があった。だから、ついでに送ったが本来ならバスがあるらしい。学校が終わるのが大体三時くらいで帰りはバスを使うからもう帰ってるはずだ。千春に鍵は渡してるし。

お腹《なか》を空《す》かせているかもしれない。気持ちは先走ってしまうが法定速度を守りつつなるべく早く帰ろう……。運転をしながらお腹を空かせているだろうから急いでご飯作らないといけないとそればかり考えている。

そして、車を走らせて、家につく。ドアを開けるとリビングからテレビの音が聞こえてくる。テレビを見てるんだなと予想しながらドアを開けると案の定。

「カイトー！　お腹空いたー！」

「お帰りなさい。お兄さん」

テレビを見ていたがリビングに居たのは千春と千秋《ちあき》だけだった。千春がソファに座り、膝の上に千秋を乗せている。帰って来て最初に言うのがお腹空いたとは千秋は食いしん坊だな。まだ、千夏《ちなつ》と千冬《ちふゆ》は部屋から出られないか……。

このままではいけないだろうけど、どうしようか。あー、思いつかない。

「カイト、早くハンバーグカレー！」

「……それなんだけど、この間作ったばかりだから……今日は肉じゃがにでも……」

「いやだー！　ハンバーグカレーが良い!!　ハンバーグカレーじゃないと嫌！」

「千秋。可愛すぎ……お姉ちゃんドキドキしちゃう」

千春《ちはる》の膝の上でジタバタする千秋。クソ、可愛いじゃないか。純粋な意味でだけど。職場で光源氏とか言われたから変な風に思考が向かってしまう。それを取っ払って夕食をどうするべきか再び検討する。

食事のバランスとかあるし、もっと色んな料理を知ってもらいたいと言う俺の願望もある。仕方ないが今回はハンバーグカレーを断る方向で……。

「カイトぉー、ハンバーグカレーじゃダメ？」

「ハンバーグカレーにしようか」

「わーい！」

いけない。つい、言うことを聞いてしまった。断るつもりだったのに。口から真逆のことを言ってしまった。眼《め》が潤んでいる千秋にはあらがえなかった。千春が甘やかし過ぎてしまうのはこういう顔を向けられて、甘えるような声を出されてしまうからだろうな。仕方ない、ハンバーグカレー作るか。言ってしまったからには仕方ない、誘導されたけど仕方ない。スーツを脱いでワイシャツをズボンの中から出してラフな格好に。

そのまま、キッチンに行く。腕をまくって手を洗って、冷蔵庫の中からひき肉を……。

な、何か視線を感じるんだが……後ろを向くと千春がじっとこちらを見ていた。上に乗っている千秋もこちらを見ている。千秋は純粋な興味だろうけど、千春は何か違う気がする。

どうかしたのだろうか？　お腹が空いたのか？　それとも、なんだろう？　何か言いたいことでもあるのだろうか？　ハンバーグが嫌いとかではないはずだし、それとも他に食べたい物があったとか。それも違う気がする。

良く分からないが取りあえず夕飯を作ってしまおう。レンジに入れて肉を解凍しているわずかな間に玉ねぎをみじん切りにしてゆく。カレー用の食材も切り刻んでいく。

「おおー、カイトすげぇ！」

「ッ……」

千秋が感嘆の声を上げ、千春の射貫《いぬ》く視線が強くなる。だが、それを気にも留めず玉ねぎを炒《いた》めながら付け合わせのキャベツを切って行く。流石《さすが》にカレーとハンバーグだけじゃ栄養のバランスが崩れるからなぁ。

「あー、キャベツは……あんまり……」

「お姉ちゃん、ほっと一息だよ……」

千秋はキャベツ嫌いだっけ？　嫌いと言うよりハンバーグやカレーと肩を並べるほどに好きじゃないってことか。まぁ、栄養バランスだから仕方ないことだ。キャベツを切っているときは二人の雰囲気が変わる。千秋は少し沈み、千春はほっとしている。

俺は二人の視線に晒《さら》されたまま解凍した肉をボールに入れて、調味料を入れる。玉ねぎ、パン粉、卵を入れて手でこねる。本当はヘラとかで混ぜた方が良いらしいが時短である。

「おおー！　豪快でカッコいい！」

「…………………………」

後は焼いたり、蒸したりして、ハンバーグに火が通るのを待つだけだ。我ながら料理に関しては高スペックだなと思う。他にもカレーの食材を炒めて、水を入れて煮込みを始める。この調子ならそんなに時間はかからないだろう。

「カイト！　味見したい！」

「待ってくれ。まだ味をつけてないんだ」

「分かった」

カレーの食材が煮えるまで時間はかかるがそれを千秋と千春はずっと見ていた。ハンバーグが完成して、カレーのルーを溶かしてソースとか色々入れて味を整える。それを小皿にすくって小さいスプーンを添えて千秋に渡す。

「わーい！　あむっ……うめぇ！　カイトの料理、我、大好き！」

「ッ……!!」

千秋が嬉《うれ》しそうな顔をしてくれるのはこちらまで心躍るんだだが、千春が凄《すご》い顔でこちらを見ているんだけど……。妹を取ろうなんて思っていないから安心してくれって言うのもちょっとキモいしな。気付かないふりをしておこう。そう言えば、千春は姉妹に大好きとか言われた回数を数えていると聞いたことがある。それほどまでに姉妹全員を愛していると言うこと、だが同時にシスコン過保護で有名だった千春のことだから千秋が俺を好きと言ったりするのが面白くなかったのかもしれない。

気付かないふりをずっとするのはキツイな。ここは何かうまいこと、行動したい。そう思って俺は膝を地面について千秋と視線を合わせる。

「いきなりだが千秋は千春のことどう思ってるんだ？」

「急に何でそんなこと聞くんだ？」

「まぁ、気になったからだな」

「ふーん、そっか。……うーんとね……千春のことは大好きだぞ！」

元気よく恥じることなく、堂々と彼女はそう言った。にっこりと笑った屈託のない笑顔を見ると嘘《うそ》を全くついていないことがよく分かった。

「ッ……ち、千秋……お姉ちゃんも大好きだよ」

キラキラ目が輝きだして思わず頬が緩んでしまう千春。彼女の周りの雰囲気も幸せいっぱいの花畑のようなグラフィックが見える。

「千夏も千冬も、あとカイトも大好きだ！」

「くっ、眩《まぶ》しい……」

思わず手で顔を覆ってしまった。千秋の笑顔や言葉が天使のようなグラフィックを想像させる。この子は人たらしだなぁ。

「どうした？　カイト？」

「いや、何、光で眼が眩《くら》んだだけさ」

「おおー、そのフレーズ今度使う！」

少し、彼女と話している間にハンバーグカレーが出来上がりそれを食器などによそって、トレイ上に。それを千春に、ペットボトルの水などを千秋に渡す。ただ、一回で持っていくには量が少し多いから二回に分けて二階に二人は運んで行った。俺が手伝って二階の部屋に行くと千夏が怯《おび》えるんだよな。だから、残念ながら行けない。運ぶ千秋はニコニコしながら、千春は千秋に言われた大好きと言う言葉が未《いま》だに忘れられないようで頬が緩んでいる。笑った顔がそっくりである。

俺も夕飯を食べる為にテーブルの上に運んで、テレビのチャンネルを回して食事をはじめた。

食べながら四姉妹のことを考える。特に千夏と千冬。あまり話せていない。と言うか全くと言っていい程話せていない。部屋からも全然出てこない。

テレビとかも見て良いんだぞ。ソファで昼寝とかしても良いんだぞ。そう思ってはいるがそれを流石に口に出しにくい。

だが、いつまでたってもそんなことも言ってられないんだろうけど。あとで、何か話してみよう。

食事が終わったらお風呂の湯を沸かす。いつも通り千春と千秋が食器を返してくれるのでそれを洗っている間に湯が沸くので四姉妹にさきにお風呂を進める。

千冬と千夏が下に来るのはお風呂の時くらいしかない。ここで何か話してみるか。

「お兄さん、お先にお風呂いただきます」

「カイト。先入るぞ」

「さ、さき、頂くっス」

「……先に入ります」

千春、千秋、千冬、千夏の順に俺に挨拶をしてくれる。だが後半の二人、四女の千冬と次女の千夏には露骨に警戒されている。もうかなりの時間を過ごしているのに警戒されている。でも、何か話しかけないと大人の俺から寄り添わないと何も始まらない。だが、自身を警戒している相手と話すのはちょっと緊張するな。

「あー、ち、千冬。が、学校はどんな感じだ？」

「え⁉ あ、そ、そうっスね……えっと、校舎にヒビがあった感じっスかね？」

「な、悩み事とかあるか？」

「あ、えっと、校舎が崩れちゃわないかなって……」

眼を全然合わせてくれない。床の木目しか見ていない。取りあえずぎこちなくても話しかけ続けるのが大事なんだろう。今度は千夏だ。

「ち、千夏は、どうだ？　学校は？」

「……普通です」

「な、悩み事……」

「……ないです」

「そ、そうか……」

……今日はこのくらいにしておこう。気まずくなっていくのが辛《つら》い。部屋の中の空気が黒くなり、重力がいきなり何倍にでもなったかのような感じがする。もう、このまま地面に沈んでしまうのではと思ってしまう。空気が悪いなあ……。

「ねぇ、カイト！　我ね、我ね！　今日、マラソンで一位だった！　ダントツの一位！　褒めて褒めて！」

まさに、現代の生きる加湿器。まさに、万有引力殺し。鶴の一声とかこのようなことを言うのだろう。一気に部屋の悪い風がどこへやら、重力が軽くなる。

「凄いな、それは」

「男子たちも置いてけぼりだ。しかも、我はまだ本気を出していない。子供の遊びに付き合った気分だ」

「おー、凄いな。無双だったわけだ」

「そう、まさに無双無双無双だ」

エッヘンと胸を張る彼女のおかげで事なきを得た。四姉妹はそのままお風呂に向かい、俺は千秋に感謝をささげる。四人がお風呂を上がった後は今度は無理に話しかけないようにした。明日また話しかけてみよう。姉妹たちが二階の自室に戻って行くのを見届けて俺もお風呂に……と思ったらリビングのドアが再び開いた。

「お兄さん、ちょっといいですか？」

「どうした？」

千春だ、ハートマークの沢山入ったピンクのパジャマを着ている。

「話したいこと二つあって」

「聞こう」

「はい。それじゃあ聞いてください。お兄さんには感謝しています、話を聞いてくれて、面倒を見てくれる。清潔な家、美味《おい》しいごはん。うちたちの今までの生活とは全然違います。だから、もううちたちはお兄さんなしでは生きられない体にされてるかもしれません」

「……ちょっと、後半の言い回しは危ないな、外では絶対やめてくれ」

「気を付けます。それで、お世話になっている身ではありますがお兄さんにお願いがあります。聞いてくれますか？」

「ほう？　いいぞ？　欲しい服でもあるのか？」

「いえ」

「じゃあ、夕飯の献立希望でも？」

「いえ」

「……じゃあ、なんなんだ？」

「……」

千春はゆっくり口を開く、彼女が我儘《わがまま》を言うなんて。多少のことなら聞いてあげよう。

一体何だろう……と俺も少し身構えてしまう。

「……千秋《ちあき》のことどう思ってますか？」

「どうしたんだ、急に」

「いえ、気になってしまったので」

「えぇ……」

凄い疑いの視線を向けてくるんだけど……俺が妹を取ろうとか考えているとでも思っているのだろうか。確かにそれはあり得そうだ。千秋も大分懐いてくれているように思えるしな。

「……別に、千春《ちはる》の妹である千秋を取ろうとか考えてないからな？」

「……そうですか」

あ、まだ疑ってる。妹が何よりも大事だからそう考えるのは仕方ないかもしれないが、俺が取り上げようなんて考える訳がない。だって、ロリコンじゃないからな。そんな目的あったらロリコン確定演出じゃん。そんなことするわけない。何を心配してるんだこの子は……。

「安心してくれ、取ったりしない。千秋は大事な千春の妹だからな」

「……そうですね」

「他に話したいことはあるんだよな？」

「実は……ないです」

「……ないんかい」

「二つ、と思っていたんですが実は一つでした。……すいません。うっかりしてしまいました」

「いや、それくらい別にいいぞ」

この子は天然がちょっと入ってるな。そして、本当に過保護と言うか、何と言うか。

色々心配し過ぎだろう。

「じゃあ、あれだ。もう寝なさい。明日も学校だろう？」

「……はい。ありがとうございました。おやすみなさい」

そう言って彼女はリビングのドアから出て行った、と思ったらまだ居た。

「とったりしないの約束ですからね？」

「約束しよう」

「ありがとうございます。おやすみなさい」

「はい、おやすみなさい」

念押しが凄すぎる。全く……でも、こんな感じの前に何処《どこ》かで見たことがあるような。

なんだっけ……？　思い出せないな。まぁ、いいか。迷惑とかではないが千春の念押しに
少し疲れた気がする。はぁ、とため息をついて俺は風呂場に向かった。

◆

お兄さんに思わず釘《くぎ》を刺してしまった。正直、我儘や願望は言うつもりはなかったが、お兄さんの人柄やこれまでの言動的には大丈夫だろうけどあまりに千秋が懐いているから思わず言ってしまった。確かに千秋がお兄さんに抱いている物は恋愛的な物ではない。お兄さんも千秋にそんな感情を向けているわけでもない、取ったりもしないだろう。ただ、取られてしまう確率が今はないのかもしれないけど……

「でも、それは今現在の話の可能性もあるよ、お兄さん」

でも、いつか、それがいきなりそう言ったものに変わることもあるかもしれない。まだ、千秋は懐いているだけ。でも成熟していないからそう言った感情が分からないだけ、感じていないだけとも考えられるかもしれない。感じていても理解していないだけかもしれない。

千秋は、妹は取られたくない。うちにとって姉妹が全てだから。失うわけにはいかないから。

それが恩人でも、誰であっても姉妹に手は出させない。渡さない。

◆

とある場所、そこに栗色《くりいろ》の綺麗《きれい》な髪をたなびかせた女性が歩いていた。目元は髪で隠れていて見えない。だが、目鼻立ちは綺麗で口元も肌も綺麗な女の子。服装はとある女子高の服装でスタイルもかなり良い。そんな女性が学校への登校の道を歩いていた。

交差点に差し掛かって、角を曲がる。すると、待って居たと言わんばかりに髪型は桃色のミディアムヘアー、眼《め》はサファイアのような蒼《あお》の女の子が通学路の道を通せんぼをする。美と言う言葉が良く似合う女性だった。スタイルも凄《すご》く良くて何かのモデルではないかと勘繰ってしまう程に凹凸がしっかりしている。そして美人が怒ると怖いと言う言葉がある通り、その桃色の子が目元を鋭くさせているのを見るとドキリと胸がときめく感覚に栗色の子は襲われた。

「うちの名前は千春。まぁ、見て分かる通り同じ女子高の制服だから……まぁ、そんなことはどうでもいいか……君に言いたいことがあって待って居たわけだよ」

千春と名乗った子は絶えず鋭い視線を向ける。

「最近、うちの埼玉で一番、いや、関東で一番、まだまだ世界で一番、最低でも銀河で一番のプリティーな妹の一人である千秋にちょっかい出してるみたいだね？」

「……」

そう言われて栗色の子は思い出す。確かに最近、千秋と言う女の子と仲良くなった。でも、ちょっかいとかそんなつもりなどはない。慌てて首を振って違うと意思表示。そうすると誤解が解けたのか少しだけ表情をやわらげた。

「そう……千秋はさ、素直で良い子だから色々まだまだ知らない。仲良くするのは良いかもと思うけど。うちの妹だから。取ったりしようとか、餌付けしようとかそんなこと考えないでね？　これ破ったら島流しだから」

圧が凄いと栗色の子は一歩後ずさる。言いたいことだけ言うと踵《きびす》を返して桃色の子は歩いて行ってしまった。ホッと一息ついて栗色の子も学校に向かって歩き出す。それはあり得たかもしれない未来の話。とあるゲームでの一つのイベントでの話。

◆

うちたちがお兄さんの家で生活をし始めてから大体一か月経過した。九月も終わりに近づいてきているから夏の暑さは殆《ほとん》ど消えて寒さが出始めて徐々に一年の終わりが近づいている気がする。その間にお兄さんは千秋と仲良くなり、千秋はかなりお兄さんに懐いてしまった。

昔は余り我儘を言わなかった千秋が毎日のように我儘を言っている。コロッケが食べたい、メンチカツが食べたい、マーボーナスが食べたい！　殆どが食べ物のことだが。反対に千夏《ちなつ》と千冬《ちふゆ》は未《いま》だに懐けない。お兄さんがお風呂に入る前や入った後に二人に話しかけるが中々素《す》を出せずしどろもどろになってしまう。

お兄さん的にはもっと我儘を言って欲しかったり、少し懐いてもらい自室以外も使えるようにして伸び伸び生活をしてほしいと思っているんだろう。お兄さんは本当に優しいなと思う。

だから、千秋が懐いたのだと改めて納得するのと同時に勢い余ってその先に行かないか心配だ。

「ちょっとー、千春聞いてる？」

授業と授業の間の僅かな休み時間、とある女子児童がうちに話しかける。最近、仲良くなった。北野《きたの》桜《さくら》さん。うちたちを見ても特に珍しがることはなく普通に接してくれるいい女の子。うちと同じ髪の色であるピンクで髪をちょんまげのようにしてゴムで縛り、若干の強面《こわもて》。服装もドクロの黒いTシャツにジーンズで迫力を倍増させている。

「あ、ごめん聞いてなかった」

「全く……俺の弟たちのトンデモ話を聞けっての」

「ごめん」

「まぁ、いいけど。そう言えばお前の妹たちの話も聞かせてくれよ」

「うちに妹たち語らせたら日付け変わっちゃうけどダイジョブ？」

「俺もだがお前も相当のお姉ちゃんだな……」

当たり前だ。姉妹は自身の全てだから、愛するも当然。良いところがあり過ぎて語りきれないのも当然。桜さんはうちの目をジッと覗《のぞ》き込むようにして数秒眺める。

「……なーんか……お前訳アリっぽいな……」

「ん？　何か言った？」

「いや、なーんでもない。それより今日はテストがあるから復習しといた方がいいぜ」

「うん、勿論《もちろん》、長女として勉学でも好成績をキープしないとね」

「……ほどほどにな」

桜さんはそのまま自身の席に戻って行った。うちは桜さんの妙な視線に一瞬首をかしげたが気にしないことにした。

テストがあるから復習をしないといけない。社会で都道府県のテストが行われるから地図帳を広げて眺める。前の席では千秋が左頬を机につけて寝ている。千秋は常に元気いっぱいだからどうしても体力が持たないのだろう。それに、最近は特に……。

「起きなさい！　不良児童！」

「ん？……？　何だ？」

「いつもいつも、学生としての自覚が足りていませんわ！」

妙に千秋に絡む同じクラスの女子。西開地《にしかいち》レティシア。ウェーブのかかった金髪は肩まで伸びている。でこをだして、金色の眼、控えめに言っても美人と言う感じだけど、顔に似合わず性格は中々に難がある。彼女は千秋の頭をゆすって無理やり千秋を起こす。おい、何してんだ？

そもそも、寝てる千秋を無理に起こすな。千秋はあほじゃない、素直なだけ。起こすにしてもやり方があるだろ？　どんどん疑問が湧いてくる。

「五月蝿《うるさ》い、悪役令嬢。あっちいけ」

「わ、わたくしが悪役令嬢。いい加減に……ッ!?」

彼女はうちの千秋ではなく後ろに居るうちを見た。そのまま雪女でも見るような目をしながら千秋のそばを逃げるように去って行った。

恐らくうちの暗黒のオーラがそうさせたのだろう。

「千春……」

「どうしたの？」

「我、あの悪役令嬢嫌い」

「最近、妙に絡んでくるから？」

「うん。それ以外にもあほあほ五月蝿い」

「千秋はあほじゃないのに酷《ひど》いよね」

「ほんとそれ。本気出してないだけなのに」

千秋もあほと言われるのは心外のようだ。二人で話していると厳しい表情の照子《てるこ》先生が教室に入ってくる。

「社会のテストを始める。以前から言っていた都道府県のテストだ」

「やべぇ」

「ど、どうしよう」

「勉強してねぇ」

一部の男子たちが大慌てをし始める。それを見て先生が厳しめの声で指示をする。

「早く教科書、資料集等をしまえ。言っておくがカンニングは一切許さん」

そうは言ってもしまわない児童たちが多数いた。千秋《ちあき》は自信があるのか、諦めているのか、全てをしまって悟りのような笑顔を窓の外に向けている。

「普段から勉強しないのに今更勉強をする男子、又は女子。今更やったところでもう遅い。急いで全てをしまえ」

「「……」」

「田中《たなか》、中田《なかだ》、西開地、お前たちに言っている」

先程千秋に絡んでいた、悪役令嬢の西開地レティシアにも先生は叱咤《しった》をする。全く、千秋に散々あほとか言ってたくせに、自分はクラスに迷惑をかけるなんて信じられない。全ての児童が机の上に鉛筆と消しゴムのみと言う余計な物が置いていない状態になっているのでテストが配られる。

「よし、始めろ」

先生の号令がかかったので問題を眺める。あ、これは……数分で全ての問題に答えを書いてホッと一息。カンニングのつもりは一切ないがチラリと隣の千秋を見る。

「……ええ？　こ、この形は……大きいから、ほ、北海道……で、これは……ええ？　さ、埼玉は分かるけど……他は……暗黒大陸とか書いたら正解するかな……」

都道府県全部覚えるのは難しいから答えられなくても仕方ないよ。もし、難しかったら一緒に勉強しようと思いながら悩む三女をチラチラ見守った。千冬と千夏は大丈夫かな？

◆

学校終わりの帰りのバス。揺られながらうちと千冬で二人用の席に座り、後ろに千夏と千秋が座る。

「今日、テストどうだった？」

「ばっちりっス。今回こそ、春姉に勝つっス！」

千冬が凄い意気込んでいる。千冬はしっかり者だから相当高得点なんだろうなぁ。

「わ、私は……まぁまぁよ」

「わ、我も……それなりには」

「二人共うちとあとで、一緒に勉強しようね」

「え？　そ、それはちょっと……大体都道府県の形なんてどれも同じに見えるのよ。あと、覚えて何の意味があるってのよ」

「そ、そうだ、そうだ！」

「秋姉も夏姉も勉強してないのまるわかりっス。もっとしっかりしてほしいっスけど……」

四姉妹で笑いあえる日常がうちにとって最高の癒し。フフフと頬が上がって行くのを我慢が出来なかった。

◆

「お前、最近給湯室でなんて言われてるか知ってるか？」

「……また、それか……知らないが……」

仕事場で隣の佐々木《ささき》が俺に話しかけてくる。給湯室で俺が何と言われているのか知らないが大体想像がつく。俺は純粋な善意で引き取ったが周りから見たら変に勘ぐってしまうのは当然だ。引き取るときにその覚悟はしているけど……。

「気になるか？」

「一応……」

「豊臣秀吉《とよとみひでよし》」

「確かに秀吉と寧々《ねね》の差は十から十二くらいあったと聞くが……俺とは関係ない」

「武田信玄《たけだしんげん》」

「確かに十代の上杉《うえすぎ》の方《かた》と婚姻したが年齢の差はそんなにないだろう」

「ムハンマド」

「確かにアーイシャ九歳を妻にしたが俺とは関係ない」

「昔の人」

「……え？　それはどういうことだ？……ああ……昔の人は十四、十五で結婚したらしいがそれはデマだ」

「……詳しいな」

「これくらい普通だ」

給湯室に居る奴《やつ》ら俺で遊んでるな。ただの大喜利大会ではないだろうか？　まぁ、あまり親しくない人に何言われても気にしないけど。

「口じゃなくて手を動かしなさい」

「うげ、出た……」

後ろから年を取った女性の声がする。佐々木がヤバいと口を急いで閉じてデスクに向かう。

「魁人《かいと》君はしっかりやってるみたいで良いけど、小次郎《こじろう》君はさぼってんじゃない？」

「す、すいません」

ほうれい線が目立つベテラン女性職員の宮本武蔵《みやもとむさし》さん五十四歳だ。真面目で結婚もしており三人娘もいるらしい、簡単に言うと勝ち組だ。

「そう言えば……魁人君、最近引き取った子たちはどんな感じ？」

「……アンタも話して……やめとこ」

佐々木は何かを言いかけるが口を閉じた。まぁ、そこから先は言えるわけない。そう言えば、この宮本さんも俺が親族に頭を下げた時に見てたんだよな。この人もロリコンだと思ってるのだろうか？　結構、俺と姉妹たちを気にかけてくれる感じはしているけど……。

「まぁ、ぼちぼちですかね」

「何かあったら聞きなさい。我が家も三姉妹だから何か力になれるかもしれないし」

「あー、じゃあ一つ聞いてもいいですか？」

「なに？」

「千秋って子が居るんですけど。その子は苦手な食べ物と好きな食べ物の差がはっきり分かれてて、嫌いな方は全く食べれないんですよ。好きな物はハンバーグとかで、嫌いなのはピーマンなんですけど」

「ふむ」

「それで、俺は大人になったら好き嫌いが激しいのはあの子に不利になる感じがして食べれるようになって欲しいのですが……だからと言って嫌いな物を無理に食べさせるわけにもいかなくて。ほら、教師が給食を無理に食べさせると体罰とか言うじゃないですか？　千秋はアレルギーとかがあるわけじゃないんですけど……嫌いな物を細かく刻んで入れてもいいんですけど嘘《うそ》をついてる感じもするし、それがあの子に悪影響になるかもしれないし、どうしたらいいと思いますか？」

「「……」」

　宮本さんと佐々木が黙った。何だ、何か変なことを言ったか？　目をぱちぱちしながら二人は俺を見る。

「お前、メッチャ考えて親してんな」

「私は分かってた。魁人君が責任感のある父親になれるって」

何か褒められた。

「えっと、魁人君の言いたいことも分かる。私の娘も好き嫌いが激しかったから。まぁ、でもその内食べられるようになることもあるし。あとは苦手な食べ物を上手《うま》いこと調理するとか。例えばピーマンが苦手なら、ピーマンとか塩茹《ゆ》ですれば良いらしいって言うし。時間が経《た》って大人になるのを待つのも一つの手よ」

「……なるほど……待つのもありか。あとは、塩茹でか」

「うん……あと、そんなに思いつめると体壊すわよ？」

「体は丈夫なので大丈夫です。ありがとうございました、今後も何かあればよろしくお願いします」

「ああ、うん」

そう言って再びデスクに向かう。そうすると今度は宮本さんから俺に問いかける。

「魁人君、私も聞いて良いかしら？」

「どうぞ」

「私の娘がね、同性婚をしたいんだって」

「そうなんですか」

「私自身はそういうのもありだと思ってるけど。でも、そういうのって何処《どこ》か、世間は抵抗があるって言うか。子供もできないし……変な目で見られないかなって」

――そう言えば『響け恋心』の世界は婚姻の幅が広いんだったな。

俺もゲームをしてはいたがそこら辺の意味を詳しくは知らない。だが同性婚が認められているのはゲームでも明言していた。だから、主人公とヒロインが結ばれても安心と言うのがあったがこの世界の世間では僅かに抵抗があるのも事実。未《いま》だに男女が婚姻が普通と言うのはよく聞く、と言うかほぼそれしか聞かない。

「魁人君ならどうする？」

「俺なら……えっと、あんまり参考にならないと思いますし、親になり立ての俺が何言ってるんだと思うかもしれませんが……背中を押しますかね？」

「……そう」

「……えっと、あくまで俺の意見ですけど」

「……そうね、背中を押す。もし何かあれば私が守ればいいものね。ありがとう。魁人君」

「いえ……こちらこそ」

「そうだ！　私の娘が昔着てた服もしよかったら四人の娘さんたちにどう？」

「良いんですか？」

「いいわよー。ただちょっと古かったりくたびれてたりするかもだけど」

「ありがとうございます。あの子たち服が少ないみたいで」

「そう、それなら今度持ってくるわね」

彼女はそのまま自身のデスクに戻って行った。いや、まさかの服確保、買わないといけないかと思って迷っていたんだよな。俺と一緒に買い物って気まずかったりするかもだし、いきなり沢山服買ってても気を遣わせたりする場合もあるしな。

それにしても、やっぱり子供のことでみんな悩むんだな……。あんなに百戦錬磨の子育てマスターみたいな感じなのに。簡単な子育てはないってことだな。

俺もそろそろ千夏《ちなつ》と千冬《ちふゆ》と話せるようにならないとな。

◆

お兄さんが沢山の服を持ってきた。段ボールに様々な服が収納されている。

「あー！　我これ結構好き！」

「……意外と可愛《かわい》いの有るじゃない」

「千冬、これ好きっス……」

ちょっとくたびれているのもあったりするけど、結構良いのが揃《そろ》っている。前持っていた服なんかよりは全然いい。職場の先輩からの貰《もら》い物《もの》って言ってたっけ。

「お兄さんに感謝だね」

やっぱり良い人だな……でも、妹は渡さない。こういうのが積み重なると取られてしまいそうになるなと僅かに焦りをうちは感じた。

千冬は自分のことが嫌いだ、自己嫌悪していると言っても良いかもしれない。

千冬は昔から何の取り柄もなかった。三人の姉と同じ日に生まれ、同じ最悪の環境に育ったのに自分だけ何もなかった。素敵な三人の姉を見ていると自分が空っぽのようなただの器のように見えた。

痛い思いをして、放置されて寒くて怖い思いをずっとしている日々の中で常にそれを意識せざるを得なかった。姉妹全員で寄り添うのは暖かくて安心感もあって寂しさも薄れたけどその思いは消えなかった。

何故《なぜ》自分だけ超能力がないのか、何故自分だけ何の取り柄もないのかそれを考えるのが本当に嫌だった。勉強は春姉には敵《かな》わない。夏姉のような可愛さもなく特徴的な超能力もない。秋姉のような元気さや話を変えるようなことも出来ない。

自身の才能や長所は全部取られてしまったのではないかと考えるのが凄《すご》い嫌だった。なぜ、自分だけ、何もないのか。

悩んでいるのも辛《つら》い思いをしたのも千冬だけではないのは分かっている。でも、それでもねじ曲がった考え方をしてしまう。自分には超能力がないのに何でこんなつらい生活をしなければならない。それを言えるわけがないのは知っている。でも心のなかにはそれがあった。特別な自分にも成れず、特別の代償となる安らぎの生活もない自分の境遇を納得など出来るはずがなかった。だからずっと思っていた。千冬は特別になりたい。誰にもない長所が欲しい。でも、それはきっと三人と反対の願望だから絶対に言うことは出来ない。超能力が欲しい自分とそんなものは手放したい三人。

特に春姉はその願望が一番強いのは何となく分かった。だから、そんなことを言うことなんて出来るはずがない。でも、その感情のままここまで来てしまった。昔はギリギリの生活だったからそこまでこの感情が大きくなることはなかった。大きくなる暇もなく、それに意識を向けられない状態も僅かにあったからだ。でも今は安定した生活になってきているから自身のエゴともいえる、欲望ともいえる感情が強くなる。

特別になりたい。それを言うことは出来ない、無理ならせめて何かで一番になりたかった。姉妹の中で一番でありたいと思っていた。それを特別とすればきっと胸を張って自慢の姉の自慢の妹と言える気がしたから。だから、頑張った。でも……。

運動は無理だった。秋姉にも春姉にも勝てない。勉強は……ずっと春姉に負けっぱなし。でも、千冬が一番になるにはこれくらいしかない。笑みを浮かべて何てことのない顔をしながらその裏で強い焦りや悲壮感と戦っていた。

勝手にライバル意識を持っているだけだがそれでもこのテストは、今回のテストは本気で挑んだ。いつもそうだけど、本気も本気。秋姉に構って春姉がテレビを見る時も、清潔な家で綺麗《きれい》な机もある環境で勉強に臨んだ。時間さえあれば只管《ひたすら》に勉強に費やした。何度も復習をした。

遊びも娯楽も本当に最低限にした。自分は春姉よりも努力をした。姉妹で一番努力をした。今までとは違う。快適な環境がある。

——眼《め》を向けてこなかったことに目を向けられる。

この恵まれている環境で一番になれて並び立つことが出来たらどれだけ幸せであるかと考える。ずっと四人で一緒に居るという約束が強固になって、この劣等感からも解放される。何かに縛られない環境であるなら思う存分勉強に打ち込める。多大な時間を費やして勉強を頑張って一番になって特別になって、春姉を超す、超せる。だって、時間も労力も千冬が今回は誰よりもかけているから。

だから、今回は今回こそは勝てるはず。これに勝って一番に特別になって姉たちに褒められて自慢できる何かを身に着けられる。身に着けることが出来る。

ここまで自分に有利で最高の条件。これで比べるのはちょっとズルいとすら感じてしまう程。でも、もし、これで何も成すことができなかったら、一番になれず特別になれなかったら一生このままこの劣等感を抱えていかないといけなくなる。

そう思うと怖くなった。

◆

日が暮れて、家の中は暗い部屋が多くなっていた。千春《ちはる》、千夏、千秋《ちあき》はクーラーのかかった部屋で気持ちよく寝ている。そんな中で千冬だけはこっそり、二階の三室あるうちの一室、今は魁人《かいと》も使っていない部屋に向かっていた。部屋に入ると窓を開けて風を入れ、部屋の温度を千冬は下げた。夏のピークは越えたがまだわずかに暑さが残っているからだ。

その部屋には大きな机が置いてあった。幼い時に魁人が使っていたものだ。回転座椅子に座りデスクライトを点《つ》ける。こっそり誰にも言わずに彼女は勉強を開始した。黙々とノートに文字を書く。千冬は今度のテストに全てを賭けていたのだ。絶対に一番になって姉たちのように特別な何かを身につける為《ため》に。

魁人にもこのことは言えなかった。事情を話したら超能力云々《うんぬん》、そして自身の劣等感の話をせざるをえない。そんなのを言いたくもなく、また話せるほどの仲でもないからだ。

千冬はまだ魁人に心を許していない。だが、悪い人ではないのではないかとは感じている。

だからだろう。

(勝手に部屋使って……怒られるかな……悪いことしちゃったかな)

僅かに迷いと申し訳なさが彼女の心に湧いた。微《かす》かに心にしこりが出来るが気にしないようにして鉛筆を走らせる。ある程度時間が経ったとき、ドアが開く音が聞こえた。

「誰か、いるのか?」

「――ッ」

魁人の声だった。寝たと思っていたら起きていたのか、それとも寝ていたのに偶々《たまたま》起きてしまったのか彼女に判断のしようはない。ドアが開く、隠れる暇などなかった。自分より大きな体。自分より力が強くてきっと手を振り上げられたらすごく痛い。その恐怖を彼女は知っていた。何度も何度も味わっていたから。そう言う時にいつもしていたことがある。只管に謝る。

父から母から、叩《たた》かれても蹴られても謝り続けた恐怖の記憶が蘇《よみがえ》る。

「こ、これは、その……、ご、ごめんなさい」

魁人と眼があう前に頭を下げた。下の床を見て目を瞑《つぶ》る。少しだけ体が震えた。寒くもないのに少し暑いくらいなのに震えてしまった。どんな言葉が返ってくるのか気になった。

「やっぱり居たのか。えっと、謝らないでいいからな？　俺が自分の家のように使って良いって言ったんだから」

「あ、え……？」

帰ってきた言葉は普通だった、いや、彼女にとっては特別に聞こえた。今まで感じていた味わってきた境遇故に嘲笑や恐怖、怒りを向けられるのが普通だと勝手に思っていたから。

「勉強頑張ってるのか、ただ、夜更かしのし過ぎは体に毒だからな。お肌の調子も悪くなる。まぁ、無理強いはしないけどな……まだ勉強続けるのか？」

「しても、いいなら、したい、でス……」

「そうか、なら頑張ってくれ。ちょっと暑いな。クーラー軽くつけておくな」

ピピッと魁人はクーラーをリモコンで起動する。そして、一度部屋を出て行き飲み物を持ってきた。

「水だけど、良かったら飲んでくれ。暑いから熱中症には気を付けるように。クーラーの温度はリモコンで調節してくれよ。それじゃ、邪魔したら悪いからな、俺はこの辺で」

そう言って今度こそ部屋を出て行った。千冬は呆気《あつけ》に取られて暫《しばら》く固まってしまった。

「ありがとう、ございまス……」

一瞬それを言うのが遅れてしまった。魁人はそこにはいない。千冬はキャップを開けて水を口に含んだ。喉に潤いが伝わって気分が爽やかになる。優しくされた、気遣ってくれた、誰もが体験する普通のことなのにそれが嬉《うれ》しかった。でも、それで自身が追い込まれた気がした。

部屋が涼しくなっていく。環境が快適になって行く。全てが揃っている。これで、これで、これで、負けるはずはない。一番になれないはずはない。ここまで揃っていて負けるはずは……もし、負けたら今後一生自身はただの千冬、特別になりたいという願いが叶《かな》えられない。そう思ってしまった。幸せと焦りの両挟みに彼女は僅かに揺れた。

焦りを誤魔化すように再び、鉛筆を取る。夜は更けていった。

◆

「テスト返しますよー」

担任のドジっ子である初音《はつね》先生が千冬たちにこの間のテストを返す。都道府県、県庁所在地、名産などの複合問題。あんなに勉強をしたのだ、絶対に百点だろう。そうに違いない。千冬はそう確信した。

「え？　お前何点？」

「お前の先見せろよ」

先生に答案用紙を渡されると児童同士で得点の部分を隠しながら見せ合いを始める。

「はぁ……四十六点、まぁまぁね」

夏姉がため息をつきながら席に戻る。夏姉とすれ違って千冬も先生に名前を呼ばれたので教卓の前まで歩きそこで、テストを返してもらう。

女の優しそうな先生が千冬にテストを渡す。

「惜しかったね、千冬さん。うっかりミスが一か所あったかな」

「え？」

答案用紙の左上に書かれていた点数は『九十八点』。何処《どこ》を間違えてしまったのか急いで数多《あまた》の問題を目で追って行く。あっ、島根県の県庁所在地松江なのに松山って書いてる……。

思わず、テストを握り締めた。文字の羅列が歪《ゆが》み、問題文と解答も点数も歪んだ。それが焦りを覚えている自分の心に見えて、劣等感が湧いてきた。

「ち、千冬《ちふゆ》？」

「……」

「聞こえてる？」

「え、えと、な、何スか？」

「考え事してたらごめんね。何か怖い顔してたから」

「ご、ごめんっス。特にこれと言った意識はないんスけど……」

「テストぐちゃぐちゃになってるけど……」

「た、確かに……」

急いで答案用紙を机に広げて、しわを伸ばす。そうすることで点数を再び見ることが出来て、夏姉もそれを見ておおっと声を上げる。

「凄いじゃない、私の倍以上！　九十八点なんて」

「まぁ、そうかもしれないっスね」

「十分凄いわよ！　誰でも出来ることじゃないわ！」

「……そうだと良いっスね」

笑顔で夏姉が背を叩いて褒めてくれる。本心から言ってくれているのは分かる。でも、その言葉が上から目線の同情にしか聞こえない。憐《あわ》れんでいるようにしか聞こえない。そのように感じてしまう自分にも嫌気がさす。ずっと一緒にいる姉妹なのに、何でも頼りにしてきたのに……それがぐるぐると負の感情を掻《か》き立てる。心の中は鈍色《にびいろ》の雲で覆われているようだった。あれだけ頑張ったのに百点も取れない自分を何と言えば良いのか。才能のない、特別何かを持たない。姉たちの妹として相応《ふさわ》しくない。

その日の授業は余り頭に入らなかった。千冬の頭にあったのは姉たちだった。夏姉と秋姉には何とか勉強だけでは勝つことができる。でも、春姉は常に一番先に居て何一つ敵《かな》わない。何でも自分で抱え込む。千冬は春姉に何かをしてあげたかった。でも、いつも自分でやって重荷を背負って、千冬なんていなくてもきっと春姉は……自分が何も必要がないのではと感じる。

自分が無能で仕方ないと感じる。特別になりたい……特別になって姉たちに並び立ちたい。置いて行かれたくない。一人ぼっちは嫌なのだ。特別になりさえすれば……そう思って、居たけど……藁《わら》にも縋《すが》る想《おも》いで帰りのバスで聞こうと思った。

春姉はテストで何点だったのだろう。もし、負けていたら。自分は姉妹の中で本当の意味で無価値で何の特徴もない、ただの四女、いや姉妹ですらないと感じてしまう。

もし、勉強すらも勝てなかったら……あんなに勉強したのに、全てを捧《ささ》げたのに一番になれず、超能力もなく、ただただ空っぽの自分になってしまう。特別なつながりもない居る意味さえもない。ただの、人形のような存在になってしまうのが怖い。

怖くて、聞きたくない。でも聞かないといけない。バスに揺られながら何気ない雰囲気で春姉に聞いた。

「春姉」

「どうしたの？」

「あの、テスト何点だったんスか？」

「……百点、だったよ」

姉が気を遣うような声でそういった。

彼女は姉として常に模範的な姿を見せないといけない、使命感のような物がある。だから、テストでは手を抜かない。体育でも常に自分たちを助けたりするとき以外は全力だ。でも、今回は自分がかなり有利だった。時間も多大にあった。環境も良かった。でも負けた。

嗚呼《ああ》……自分は姉妹の中で本当に居てもいなくても変わらないような存在なんだと思ってしまう。特別になって三人の姉に追いつこうとしたけどそんなのは無理で、だったらと勉強に力を注いでも長女に負け、三女のような元気活発で魔法のように場を変える力もなく、次女のような可愛《かわい》くて特徴的な能力もない。劣化版、姉たちが眩《まぶ》しくて自身が惨めに見えてしょうがない。

何で、自分だけ……何もないんだろう……。

ずっと寂しかったんだよ。自分だけ仲間外れみたいで、笑ってたけど苦しかったんだよ。

じゃあ、くれよ。それをくれよ。千冬にくれよ。いらないとか普通が良いとか言わないでよ。

超能力がいらない？

でよ。そういう雰囲気を出さないでよ。

顔が似てるから差がもろに出るんだよ。

髪だって茶髪ってなんか地味だよ。銀髪に金髪に桃色って何さ、明らかに千冬より派手できれいじゃん。顔だってなんか、三人の方が可愛いじゃん。性格だって、何だって……。ムカつく、ムカつく、ムカつく、ムカつく、イライラが止まらない……自分に。何もなく、何の成長も出来なくただの凡人の自分に。只管《ひたすら》に嫌悪をする。姉妹に嫉妬をしてしまう自分に浅ましさを感じてしょうがない。

「千冬、大丈夫……？」

「何か浮かない顔をしてるようだが」

「顔色も悪そうね」

三人が心配してくる。

「……大丈夫っス」

複雑だ。心配してくれているのにまた同情と思ってしまう。でも、気にかけてくれるのは嬉しいとも感じる。

これ以上心配はかけられない。もう、いい。特別も一番も何もかも諦めて普通に徹しよう。今のままでは普通以下になってしまうかもしれない。うっすらと笑って普通にして……。

「あのね……千冬……お姉ちゃんは」

「……もう降りる所っスよ！」

「そう、だね……」

春姉が何か言いかけるが降りる場所だったので席を立つ。ランドセルが異様に重く、体も一気に怠《だる》くなった。倦怠感《けんたいかん》が体を支配して頭の中がテレビの砂嵐のように荒れてしまう。千冬には何もないんだなぁ。一緒に責任感も重荷も背負えない。何も出来なくて、ただ、錘《おもり》のように姉たちに縋っているだけ。

「千冬……大丈夫か？」

「秋姉心配してくれてどうもっスけど、それよりテストの復習をした方が良いっスよ」

「ううぅ。確かに……」

バス停から歩いてあの人の家につく。春姉がカギを開けて中に入る。流石《さすが》は長女、春姉。千冬が何を思っているのか、取り繕っているのが分かっているんだろう。でも、何も言えない。自分と春姉は一番の対極、正反対だから。千冬と千春《ちはる》の持つ感情は相容《あいい》れない感情だから。普通になりたい千春と特別になれない千冬。水と油のような関係だから。

「ち、千冬……お姉ちゃんね……その……」

「何ともないっス！　ほら、こんなに元気！」

「でも……」

「気にしないで欲しいッス。本当に元気っスから！」

「そ、そう……」

ごめんなさい。こんな面倒くさくて。本当は春姉が一番つらい思いをしてきたのに妬んで嫉妬してごめんなさい。

今も心配をかけてしまってごめんなさい。

あの時、何もできなくてごめんなさい。

千冬は笑ってそのまま二階の自室に戻った。部屋に入ると涙がこぼれてきた。何で、こんなどうしようもない自分になってしまったんだろう。なんで、今になってこんなことで真剣に悩んでしまうんだろう。新しい家でようやく幸せに皆で笑えるはずなのに、それを壊そうとして。

最低だ。こんな自分に気を遣う姉たちが不憫《ふびん》でならない。居ない方が良いのかな……千冬は……。

◆

俺はデスクに向かって業務にいそしむ。毎年十月にある所沢祭などの企画確認や運営などで最近忙しいが自身の仕事は最低限終わらせて定時で帰宅する。

本日も定時で仕事を終える。夕飯が遅れると千秋《ちあき》がぐずるんだよなぁ。

「じゃ、お先」

「おーう」

佐々木《ささき》に挨拶をして役所を出て車に乗って自宅に戻る。夕暮れ時、車の数は意外と多い。

自分以外の社会人も定時で帰る人が居るんだろうなと思いながらアクセルを踏んで家に進んでいく。

鬼のように左右確認をしながら家に向かって行く。安全に気遣いながらも頭の中には姉妹のことがあった。夕ご飯何が食べたいのか。学校で悩みがないか。

色々彼女たちも悩みがあるのは知っている。ゲームでもそうだった。だけど、それってゲームの終盤に主人公だから解決できた、変えられたみたいな感じがあるからな。俺が不本意に踏み込んでも不快になるんだろうし。

理想の父になりたいと感じはしたが、俺には最低限のことしかできないんだろう。だが、俺に出来ないこともきっとあるのだと思い一緒に生活をしていくしかない。

と、内心恥ずかしいことを考えているうちに自宅に到着した。

家の鍵を開けて入るといつもなら勢いよく出迎えてくれる千秋が顔を暗くして、目尻に涙を浮かべていた。

「ど、どうしたんだ!? 何処か痛いとこでもあるのか!?」

「か、カイトぉッ……」

「お、落ち着いてくれ! えっと、先《ま》ずは、お、落ち着いて話をしてくれ」

「う、うんッ、千冬が、千冬がね、何か元気なくて、二階の部屋に一人で閉じこもって、千春も何か元気なくて、千夏《ちなつ》も訳分からなくて泣いちゃって、わ、我も、もう、悲しくて、悲しくてッ」

千冬が部屋に引きこもってると言うことか？　何か学校であったのだろうか？　千春がなにもしないってどういうことだ？　お世話好きで過保護な千春がなにもしない？　姉妹のことが何よりも最優先の千春が……ゲームでも全てにおいて優先をするのが千春と言う少女なのに。千冬を一人にしてるってことはどういうことなんだ？

「千春は今何してるんだ？」

「えっと、リビングでソファの上で顔を隠して体育座りしてる……」

「何か、言ってなかったか？」

「分かんない……」

千春は必ず何かをする、起こす。それが姉妹の為《ため》であればやりすぎと言う位のことをする。でも、それをしないと言うことはしないのではなくて、できない、と言うことなのだろう。……それって、かなりとんでもない問題と言うことか。

どんなことがあったのか、もっと詳しく聞かないといけない。俺に出来ることがあればしてあげたい。

「千秋、今日何があったのか教えてくれ」

「朝は皆でバス乗って、クラスで別れて……うぅ」

「大丈夫か？　ゆっくりでいいからな？」

「う、うん……」

ポケットティッシュで鼻や涙を拭きながら彼女に続きを促す。朝は俺も千冬の姿は見たが特に変わったところはない感じがした。千春もいつも通り姉妹を見てほのぼのしていた。朝の時点では何もなかったはずだ。

「それで、学校で勉強して、給食お代わりして、午後の授業はちょっと寝て先生に怒られて、それでっ、バスで四人で話してたら千冬《ちふゆ》の様子が可笑《おか》しくなって……」

「バスで何を話してたんだ？」

「えっと、テストの話……」

「テスト……千冬の点数って何点だったんだ？」

「九十八……」

「千春は？」

「百……だから我は二人とも凄《すご》いなって、思って。千春は何時《いつ》も百点で、千冬は勉強熱心で部屋でよく勉強してるからそれが、結果に出たなって思って……」

千冬は殆《ほとん》ど部屋から出ない。千秋から偶《たま》に様子を聞いて部屋ではよく勉強をしていると言っていたな。もしかして、そのテストにかなりの労力をかけて何が何でも勝ちたくて、それで負けてしまったから落ち込んでいる、いや自己嫌悪。姉妹に対して負の感情を向けてしまう自分が嫌で仕方ない、無能が嫌で仕方ないと感じているのかもしれない。

千春も勉強はしているが千秋の面倒やほかの姉妹のことも気にかけている。対して自分は全てを注いだのに、負けた……。それで、自分を見失ってしまった。

これ、ゲームのイベントであったな……高校生になった姉妹たちは主人公と出会いそこからイベントが始まって行く。

　イベントにも数種類あるが、千冬が千春、千夏、千秋に対して嫉妬や様々な感情を抱いていたがそれが爆発。差別感や自分は超能力がないのにどうして酷《ひど》い目に遭って来たのか、特別になりたい。感情の奔流を主人公に語る。ゲームでのきっかけは些細《ささい》なことだ。でも、千冬にしてみればずっと感情の奔流を抑えていた。どんな小さなものであれどきっかけがあれば濁流になってしまう程に。これは好感度がある程度ないと発生しない。恐らくだが好感度がないとそもそもこのイベント自体が何の解決もしないから。

『千冬は特別になりたいッス……』

　泣きながらそう告白する千冬に主人公は自分にとって貴方《あなた》は特別な存在だと語る。努力が出来る貴方は素敵だと、一番になれなくても頑張り続ける貴方が眩しく見えたと話す。

『……そうっスか？　〇〇さんにとって千冬は特別なんスか？』

『えへへ、〇〇さんに話聞いてもらって良かったッス。〇〇さんって面白い人なんスね……　〝ありがとう〟』

　そんな感じで彼女との親密度が益々《ますます》上がる。好感度のある主人公が特別であると言うから意味がありそうでなければただの戯言《たわごと》。好きな人からの言葉だから動かされる。姉妹以外の好きな人だから響く。

　姉妹だとどうしても余計な気遣いがあるのではないかと考えるからだ。赤の他人で主人公だからこそ救われることもあると言うことだ。だが、俺に何ができるんだ……？　主人公でもなく、好感度があるわけでもなく、年齢だって離れている。近しい特徴がない……

これは……俺にはどうしようもないかもしれない。

「……千秋、取りあえず部屋に入ろう」

「う、うん……」

もう一度、彼女の涙などを拭いて、立ち上がりリビングに向かう。部屋に入るとソファの上で千春が座っていた。彼女の膝の上で千夏が寝ており目頭が腫れている。泣いていたのだろう。

「……お帰りなさい。お兄さん」

「……ただいま」

「ごめんなさい、お兄さん仕事頑張って疲れてるのに。家にいるだけのうちたちがこんなのんびりしてたら不快ですよね……でも、今は千夏を寝かせてあげてください」

「それは全然かまわないさ。謝ることじゃない……」

「ありがとうございます……」

千春も心ここにあらずと言った感じでただ只管に千夏の頭を撫《な》でていた。テレビもつけず、この無音の空間で俺が帰って来るまで過ごしていたのだろうか。

「千春……どうして、千冬はあんなに落ち込んでるんだッ、私、何を言っていいのか分からない、部屋の前で話しかけても何も言ってくれないし、ねーねーッ、どうしたらいいのッ!?」

再び涙があふれる千秋を千春は抱き寄せて頭を撫でる。

「大丈夫、お姉ちゃんが何とかしてみるから。何とかするから。千秋は何も心配しないでいいよ」

「……本当に？」

「うん。本当。だから、安心して。疲れたでしょ？　ほら、ここおいで」

「うん……」

そのまま千秋を自分の横に座らせる。そして、千夏の頭を少しずらして千秋の頭も太ももの上に載せる。そして、千秋の頭も撫でた。張り付けた笑みのように微笑《ほほえ》みながら安心させるように頭を優しく只管《ひたすら》に撫でる。

そうすると再び千秋は泣き始めるが、その内、姉の安心感に包まれて寝息を立て始める。

「……お兄さん……夕ご飯お願いしてもいいですか？」

「……分かった」

俺も何を言っていいのか、どう行動すればいいのか分からない。ただ、言われるがままに台所に向かって冷蔵庫から材料を取り出し手を動かす。

ふと千春が気になった。彼女はただ二人の頭を撫でている。泣きもせず、表情も変えずただ撫でた。

ゲームだったら多少そう言う描写があっても直《す》ぐにスキップとかできた。千冬が姉妹たちと仲が悪くなり、何を言っても響かないのは見ていて気持ちのいい物じゃない。俺も千冬が感情を出して姉妹たちと格差が出来たところは少し飛ばした。あまり見たくはなかったからだ。飛ばしてハッピーエンドの所だけを抜き取った。

でも、今はそんなことはできない。こんな空気のまま居たくない。あんな悲しい顔をさせたくないから引き取ったのに、笑って欲しいから引き取ったのに、今彼女たちは泣いている。頭に強い引っかかりが残りながら俺は夕食を作った。

「夕食出来たけど……食べるか？」

「いえ……うちは大丈夫です……でも、この子たちが起きたら食べさせてあげてください」

「分かった……」

「ソファ、占領しちゃってごめんなさい……」

「気にしなくていい……」

何もできない俺は千春《ちはる》のすぐ近くに腰を下ろした。床に座ると自然とソファに座る千春より目線が低くなる。下を向いている彼女の顔がよく見えた。

泣いていない。無表情。でも、確かに悲しんでいるようだった。互いに何も言わず時間が過ぎていく。何秒経《た》ったか分からないが少し時間が空くと千春が口を開いた。

「お兄さんが帰って来た時、千秋は何処《どこ》に居ましたか……？」

「玄関で座っていたけど……」

「そうですか……」

「それが、どうかしたのか？」

「いえ、なんでもないです」

千秋《ちあき》がどこにいたのか分からない程に千春は混乱していたのかもしれない。自分ではどうしようもない壁が目の前にあって、どうも出来ずにただ悲しむ姿を眺めるのはきっと彼女にとって酷い苦痛なのだろう。昔の境遇以上に。千春は千夏と千秋の頭を撫でながらぽつりぽつりと語りだす。

「……きっと、千秋はお兄さんに期待をしてたんだと思います……この子は少しほかの子より素直で幼い所もあるけどきっと、うちが思っている以上に大人だから。だから、分かっていたんです……千冬には姉妹の誰の言葉も響かないって」

「……」

「本当はうちが何でもしてあげたい。全部を与えてあげたい。悩みなんて全てなくしてあげたい。でも、それは無理だと……そんなことは分かっていたつもりでした。今までは心の余裕がなかったんです。只管に互いに身を寄せ合って生きるしかなかった。だから、窮屈な視界で色んなことに目を向けられなかった。でも、お兄さんが現れて心に余裕が出来て周りが見えるようになった時に……千冬は自分と姉妹を見つめ直してしまった……」

「……」

「……何を言っているのか、分からないと思います。だからと言って、どんな悩みとかも具体的には言えないんです。ごめんなさい……それでも、お願いします……それがどんな

結果になっても構いません。千冬に声をかけてあげてください。気にかけてあげてくださ
い」

悔しさ、怒り、歯がゆさ全てを混ぜた混沌《こんとん》のような感情を歯軋《はぎし》りしながら彼女はその言葉を絞り出した。きっと、それは日辻《ひつじ》千春と言う少女が絶対に言いたくない言葉なんだろう。あんなにも大人の対応が出来て、クールな彼女が拳を震わせて、僅かに涙を出しているのだから。

「……あの子に必要なのは、姉妹以外の何かだから……」

千春が頭を下げた。髪に隠れてしまって顔は見えない。でも、尋常じゃない程の悔しさや怒り、悲しみが感じ取れた。

「……分かった。出来るだけのことはやってみるよ」

「……お願いします」

俺はリビングを振り返らずに出た。そのまま階段を登って行く。出来るだけのことはやってみる。都合のいい言葉だ。結果が良い方向になっても悪い方向になっても、俺は何も背負う必要はないのだから。責任から逃げているような言葉だ。なのに僅かに期待をさせてしまう言葉でもある。嗚呼《ああ》、俺も悪い大人だ。あの子たちの両親と変わらない。何も出来ないことにいい訳を探している。両親は超能力が怖いからと何もせずに、俺は主人公ではなくただのモブだからと自身を小さく見積もって何も出来ないことをしょうがないことと捉えようとしている。

しょうもないな。俺は……あの時と変わっていない。弱いままだ。でも、期待を持たせてしまったのなら、千春が、千秋が俺に希望を持ってくれたのなら応えたいとも思う。勝手すぎるなと思うけど、しょうもない俺だけど、ここで引き下がることが出来るほど落ちぶれているつもりもない。

二階に上がる。千冬に何を言えば良いのだろうか。何を言っても俺では意味がないのではないかと不安が募る。でも、千春に頼まれて、了承したのだからその責務を果たさないといけないと言う重圧もある。迷いながら言葉が纏《まと》まらないまま部屋の前に立ってノックをする。以前、千冬がこっそり勉強をしていた幼い時に俺が使っていた部屋。

「魁人《かいと》だ……、話をしたいんだが……大丈夫か？」

「……」

返事がない。寝ているのか、それとも聞こえていて反応をしないのか分からないがドアノブを捻《ひね》って押し込むが何かに突っかかってドアが開かない。何か重い物でも置いているのか？

「……千冬。起きてるならどかしてくれないか？」

「……」

やっぱり起きていないのだろうか。いや、でも起きているような感じがする。勘だけど……。確か、ゲームでも誰から声をかけられても無視をしてた。主人公が会いに来て勝手に話し出すんだっけ。今その状態と同じだと確かめるすべはない。同じ方法は通じない。

主人公と俺は違う、人としても、語れる言葉も何もかもが違う。だったら、俺は起きていて部屋に閉じこもって落ち込んで、千冬《ちふゆ》自身が扉が開かないようにしていると言う予想に賭ける。

「その、起きてるなら少し、話しないか？　ほら、この家に来てからあんまり話す機会もなかっただろう？　気分転換にもなるかもしれないし……」

「……」

やっぱり起きてるよな……？　それにすぐそこに居るように思える。この部屋には余計な物は置いていないし彼女自身が錘《おもり》のような役割をしているのだろう。

「千冬……本当に少しで良いから俺と話してみないか？　何もない、俺と話したら気分も変わるかもしれないぞ」

「……」

再度語り掛けると嘗《かつ》ての自室のドアが開いた。中は暗くてよく見えない。でも、廊下の光が僅かに部屋に差し込み千冬がドアの側《そば》に体育座りで座っているのが見えた。

部屋の電気はつけない方が良いのかもな。もし泣いていたら泣き顔とか見られたくないと思っているかもしれないし。

「ありがとう。千冬……」

「……」

俺は入り口付近で体育座りをした。そして、彼女に話しかける。

「最近、どんな感じだ？」

「……普通ッス……いつも通り」

いつも通り……か。いつも通りがどれだけ辛《つら》くて、この一言で彼女がどれほど日々悩んできたか、同時に声のトーンでやはり俺は未《いま》だに微塵《みじん》も彼女と打ち解けていないことが分かった。

「……そうか」

「……春姉に何か言われたんでスか？」

彼女は体育座りのままそう言った。嘘《うそ》はつけない。ついたとしても何の意味もない。ただ、しこりが残るだけのような気がする。

「そうだな。千冬が悩んでいるから気にかけてくれって言われたんだ」

「……そうでスか」

「……だから。聞かせてくれないか？　悩みを」

「……」

「訳の分からない大人がいきなり何言ってるんだと思うかもしれないけど、ごめん、俺はあんまり遠回しの言い方とかできないんだ」

「千冬たちのことなんてどうでも良いじゃないっスか。家族でもないし、親族でもないただの他人なんだから放っておいても良いじゃないでスか……」

「引き取ったからには責任がある。それに俺も千冬のことは放っておきたくない。話せる範囲で良いから聞かせてくれないか……？」

「……つまらない話でスよ」

「そうだとしても聞かせてくれ」

「……全部は無理でスよ」

「それでも頼む」

そう言ってしばらく時間が空く。すると彼女はこちらに顔を向けないまま暗闇に顔をうずめたまま話し始めた。

「千冬たちは……ずっと遠ざけられてきたんでスよ……普通とは違う特別だからって……でも、特別なのは姉たちだけで。千冬だけは特別じゃない。ずっと一緒なのに千冬だけには何もない。だからせめて勉強くらいは一番になって姉たちに追いつきたかったッ……何年もそう思って、頑張ってきたッ」

「……」

「でも、それも無理だって分かって、千冬には何にもなくて、千冬にあるのは姉にあって、姉にあるのは千冬にはないから……それが辛くて、特別じゃないのに辛い目に遭って来たことに不満が募って、そう思ってしまう自分も嫌になってッ……」

彼女の震えた声を聞いてしまうとやはり不本意に介入しなければよかったと後悔をした。何も出来ることがない。言えることがないと感じる。

ずっと超能力が理由でひどい目に遭って来たのに自分にはそんな目に遭う理由はないこ

とに納得がいかない。姉妹は特別なのに自分はそうでないことが寂しい。超能力があると言う事実に自分たち以外には分かり合えない人生。そこで自分だけ特別でないことに自分が家族ではないと思ってしまう。

一人ぼっちに思えてしまう。

何にも言えないよ。こんなの……主人公のように寄り添うことも言えない。俺のような軽い大人の言葉は意味をなさない。今の千冬の言葉を聞いてやっぱり無理なのではないかと感じる。でも、頼まれたんだ。千春に頼まれたんだ。やるだけやってみると約束をした。意味をなさなくても何か言うだけ言ってみよう。

「……ごめん、俺には千冬を救ってあげられるようなことは多分言えない……でも、多分、千冬は特別だと思うよ……」

「どこがですか？」

「……世界に特別じゃない人はいないよ。生まれてくる確立って何兆分の一って言うし……千冬が何を基準に特別だと思っているかは分からないけど、そこに居るだけで特別……じゃないか？」

「……」

「ごめん、綺麗事《きれいごと》言った……こんなの意味ないよな……」

「え、その、いや、別に謝ることじゃ……」

逆に千冬に気を遣わせてしまった。綺麗事じゃ人間動かないよな。でも、それくらいしか言えない……。

「……とにかく俺には千春《ちはる》も千夏《ちなつ》も千秋も千冬も特別に見えたってことだ。何を抱えてたとしても、持っていたとしてもそれは一つの人を構成する要素でしかない」

「……」

「千冬は茶髪がとても綺麗だし、眼《め》も綺麗で二重で語尾も良い感じだ。それに夜に一人で頑張っていたことも知ってる。凄《すご》い所満載じゃないか。その点、俺なんて黒髪に黒目で平安時代だったらモテただろうなって顔だ」

「……平安時代？」

「あー、まぁ、昔は美の基準が違うって聞いたから、すまん、ちょっと笑わせようと思って……現代ならフツメンってことだ」

ギャグが外れた。気分を変える一言が湧き水のように頭に浮かんでくればいいんだろうけどな……。

「つまり、俺には全員が特別に見えたから少し元気を出してほしいってことだ。姉妹でも嫉妬とかはあるなんて大前提、それを気にする必要もない。寧《むし》ろない方がオカシイ」

「そうですかね……」

あんまり響いてない感じがするな。さっきよりは反応をしてくれているけど。

「何度も言うけど……俺は千冬を特別だと思ってるよ。それを一番言いたかった。騙《だま》されたと思って信じてみてくれないか？」

「……騙されたと思ってですか？」

「ああ。それでも、自分自身のことを信じられないなら俺が信じるから。それを覚えておいてくれ。絶対に自分が特別だって思える日が来るから、未来に期待をしててくれ」

そう言うと彼女は初めて隠していた顔を出した。僅かな光で見える彼女の目元は腫れていた。未だに目尻には涙が溜《た》まっている。

「……どうもっス……もう、いいですよ。これ以上、魁人さんに迷惑かけたくないから」

「そっか、じゃあ俺ゴハン持ってくる」

逃げるようにそう言ってしまった。

「ありがとうございます」

彼女はそう言って頭を下げた。少しだけでも元気出れば良いんだろうけど。俺の安い、中身のないような話じゃ意味なかったのかもしれない。俺の言葉じゃやっぱり動かないよな。

夕食でも食べてもらって、僅かな幸福感に浸ってもらうくらいしかできない。仕方ないか。所詮、俺みたいな……。これ以上何を話しても無意味だろうとその場を立って立ち去ろうとした時にもう一度千冬の姿が僅かに見えた。その姿が嘗ての誰かさんに重なって……。

俺はもう一度、自然にその場に座ってしまった。

「これは、俺の知り合いの知り合いから聞いた話なんだが」

「え？」

急に話を変えて話し出す俺に千冬は呆気《あっけ》にとられたような返事をする。それを気にせず俺は話を続けた。

「ある所に人の才能に凄く嫉妬している少年が居たんだ。その少年は綺麗ごとが大好きで努力すれば才能に勝てるって思ってた」

「……」

「でも、勝てなかった。全部を注いだのに、勝てなかった。才能には……全部を注いで頑張ったのに、壁には勝てなかった。そして、努力に全部を注ぎ過ぎたせいで気付いたら、周りから人が消えていったんだ。あー、何というか、頑張り過ぎて温度差が出来てしまったみたいな感じだな。それで、思ったんだ。努力しても誰も凄いって言ってくれなかった。結果も出なくて何も得られなくて、意味がないなって」

「……それは魁人さんの話……？」

「……違うよ。知り合いから聞いた話さ。まぁ、何が言いたいのかと言うと千冬はずっと努力をしてきて、それが報われなかったのかもしれない。誰もが折れてしまうんだ。でも、きっと千冬はまた走り出す」

「……？」

「えっと、何というか……千冬は努力家でどんなに辛くてもここまで走ってきたんだろう？　さっきの話の子は数回の挫折で折れてしまった。でも、千冬はそれ以上の挫折を何度も何度も味わって、それでも笑顔を絶やさずに頑張ってきた。きっと、話に出てきた少年からすれば千冬は特別に見えるんだろうなぁって言いたかった」

「千冬が……」

「勿論《もちろん》、俺から見ても特別だ。千冬は自分で思ってる以上に凄いと思うよ。だから、もっと胸張って凄いんだぞ！　努力してきたんだぞ！　って言っても良いと思うけどな。千秋《ちあき》が毎日言ってる。千冬は運動神経悪いけど、それを言い訳にしないで誰よりも汗かいて走ってるって、俺だったら絶対手抜くけどな。頑張る姿ってダサいから見られたくないとか言い訳してさ」

「……秋姉が……」

「そんなに悲観するな。千冬はきっと、特別な子だ。少なくとも、話の少年と俺はそう思う」

「……ッ」

意味もないことを語ってしまった。余計なことをペラペラと軽い事実を軽い言葉で語ってしまった。ちょっと良いこと言ってやろうみたいに言ってしまったのが恥ずかしい。結局大したこと言えてないしな。

「すまん……大したこと言えなくて」

「いえ、そんなことないッスよ……ちょっと、元気出た気がします」

「え？　本当か？」

「はい……本当です」

「無理してないか？　何か他に言いたいこととかないか？」

「大丈夫っス、ありがとうございます……」

「そ、そうか……なら良いんだけどさ……夕食持ってこようか？」

「……はい、お願いします」

「分かった。いつもより大もりで持ってくる。たくさん食べてくれ」

そう言って部屋を出る。彼女は元気が出たと言ったが本当なのか、どうなのか。分からない。俺に気を遣っただけなのか。本当に気分転換になったのか。でも、本当に元気が僅かにでも湧いたのなら。嬉《うれ》しい、俺には大したことが出来ない。

でも、これからも微力ながらも頑張ろうと思った。取りあえず夕食を持っていこう。

◆

千冬《ちふゆ》は結局自分の弱さに負けてしまった。姉妹である姉たちとの関わりが嫌になって部屋に閉じこもってしまった。春姉も夏姉も秋姉も千冬を気にしてくれる。でも、誰の言葉も響かなかった。

どうしても、同情されているのではないかと変なフィルターを張ってしまう。もう、何が何だか分からなくなって只管《ひたすら》に泣いてしまった。

そこに、あの人が来た。春姉が何か言ったから来たのだとすぐにわかる。でも、話を聞いて欲しいと思った。どうしてそう思ったのかは分からない。ただ、一人では居たくなかっただけかもしれない。もしかしたら、自身のエゴを吐き出す場所が何となく欲しかっただけかもしれない。

虫食いのように事実を伝えた。何がどうなのかきっと全体像は分からないと思う。だから、何を言われるのか、見当違いのことを言うのか、大人の難しい言葉で説得や励ましをしてくれるかと思ったが意外にもあの人の言葉は捻《ひね》りもないような言葉だった。

初めてかもしれない。姉妹以外からあそこまで真っすぐな言葉を掛けられたのは。何かをあの人から感じた気がした。沢山褒めてくれた、姉以外からあんな風に褒められたのは初めてで嬉しかった。でも、言葉が遠い気がした。自身に届いていない気がした。でも、あの、少年の話を聞いたときに想《おも》いが変わった。きっと、その少年と千冬は近い存在だったから。近くて同じエゴを持っていて、泥臭い存在だと思って、そんな人が居たと思うと自然と気持ちが楽になった。

それで、そんな人よりすごくて、そんな人が特別だと思っていると告げられて嬉しかった。何処《どこ》の誰とも知らない人だけど。でも、きっとそれは……そこからあの人の言葉から感じる嬉しさは今までに感じたことのないものになった。目の前にいる人は普通の人で自分と同じエゴを持っていた。自分と同じ普通で普通の言葉で特別だと言ってくれたから心にすっと入ったのかもしれない。

少年の話を聞く前に言ってくれたことが余計に嬉しくなった。髪を褒めてくれて、何度も特別だと言ってくれたのが。

自分でも信じられない。千冬を信じると、凄いと真っすぐ言ってくれたのが。

凄く嬉しかった。初めて外からの愛情はこんな味なんだと知った。困惑してどんな反応をしていいのか分からなかったけど、少しだけ笑ってしまった。暗くてあの人は気が付かなかったんだろうけど。

凄く、凄く、凄く、嬉しかった。

姉妹でも何でもないのにあんなにも千冬に特別だと言ってくれるなんて、変わっている。姉たちとの差にきっとこれからも悩んでしまうんだろうけど、もう一度、頑張ってみようと思えた。そう思わせてくれた。あの人は変わっている。見ず知らずの子供を引き取って、負担にしかならないのに文句の一つも言わずに毎日ご飯作って、それなのにあんなにも真っすぐで……魁人《かいと》さんって面白い人だな……。

少しだけ、秋姉が懐いた理由が分かって、少しだけあの人のことを知りたいと思った。

でも、その前に……心配をかけてしまったことを謝らないと。春姉はずっと気が気でなかったはず、夏姉と秋姉のことは泣かしてしまった。

ごめんなさいと言わないといけない……千冬は体育座りを止《や》めて腰を上げるとそのままリビングに向かった。

◆

俺が千冬と話をして彼女に夕食でも持って行こうと一度リビングに戻る。静まり返ったリビングでは千春が千夏と千秋の顔を眺めていた。俺に気づくと彼女はこちらに目を向ける。その目は不安を隠しきれてはいなかった。

「どうでしたか？」

「少し、元気は出たって言ってくれた……俺が気を遣われたのか、そこら辺は分からないんだが……」

「そうですか……多分、それは嘘《うそ》ではないと思います。ありがとうございます。お兄さん」

「どこまで、俺が役に立ったか分からないが……一応どういたしまして。それで千冬が夕食食べるって言ってるけど一緒に食べるか？」

「もう少し、時間をおいてあげたいので今はいいです。千夏と千秋ももう少し寝かせて……」

「「パチッ」」

千春がそう言うとタイミングよく二人の目が開いた。二人は千春の太ももから頭を上げて周りを見る。千夏は俺を見て千春の背に隠れる。千秋は俺を見たが直《す》ぐに周りを見渡す。千夏も背に隠れながらも周りを見渡して二人して千冬を探す素振りを見せた。

「千冬なら大丈夫。お兄さんが話を聞いてくれたら元気出たんだって……」

「そうかッ！　ありがとうカイト！」

「……ありがとうございます」

「ああ、まぁ、そんなお礼言われるほどのことじゃ……本当に元気が出たかもわからないし……うん、まぁ、どういたしまして」

千秋と千夏《ちなつ》がお礼を言ってくれる。素直にお礼は貰《もら》っておこう。

「じゃあ、飯だな！　カイト、夕食はなんだ！」

「肉じゃがだな」

「そうか！　きっと千冬も喜ぶぞ！　カイトのご飯は食べると元気が出るからな！」

そう言われると普通に嬉しい。しかし、どうするんだろうか。四人で食べるか、時間を置くか。

千春《ちはる》に目を配ると彼女は僅かに考える。複雑そうな顔をして考えているとリビングのドアが開いた。誰が来たのかなんてすぐにわかる。そこには千夏や千秋のように目元を腫らせた千冬が居た。

千秋は元気が出たと信じてやまないから、直ぐに駆け寄る。

「おお！　千冬！　元気出たのか！」

「ごめんッス秋姉。心配かけて……」

「気にしてないぞ！　お姉ちゃんだからな！」

「夏姉もごめんなさいッス……」

「私も心配かける時あるし、気にしなくていいわ。もう大丈夫なの？」

「うん……春姉もごめんッス」

「うちもごめんね……何も言うことが出来なかった。長女なのに……」

「そんなこと」

「もう、互いに謝ったんだからもういいな！　ご飯食べよう！」

「そうだね……一度謝ったんだからしつこくしなくてもいいね」

「そうッスね……」

千秋が険悪になりそうな会話に入り込み会話を止める。そして、そのまま良い笑顔で俺の方を向いた。

「カイト！　ご飯お願い！　あー、お腹空《なかす》いた～！　そうだろ!?」

「そうッスね」

「うちも」

「私も」

「よし、じゃあ、準備するから待っててくれ」

俺はいつも通りトレイに料理を載せる。トレイは千春だが載り切らない物は姉妹で分担して持っている。

そして、そのまま四人は再びお礼を言って部屋を出て行った。四人が二階に上がって行く音が聞こえる。このまま部屋で四人でご飯を食べるのかと思ったが今度は階段を下る音が聞こえてきた。

誰が再び戻ってきたのだろうか。配膳のお皿でも足りなかったのかな？　気になってドアに注目すると来たのは千冬だった。

「魁人さん……」

「千冬。どうした？　箸でも足りなかったか？」

「そうじゃないでス。その、さっきはありがとうございました。千冬、あんなに熱い言葉を言われたのが姉妹以外では初めてで、その、とっても嬉しかったでス……えっと、その、抑えられない感謝と言うのを伝えたくて、でも、姉たちの前だと恥ずかしいから、だから……お礼を言いたくて、来ました……」

若干、しどろもどろになりながらも彼女がそう言った。俺は全然良いことを言えなかったが僅かでも彼女の為《ため》になったのであればよかったと思う。

「そうか。どういたしまして。何かあればまた聞くからな」

「はい、その時はお願いしますス……じゃあ、この辺で。あ、あといつも美味《おい》しいごはんありがとうございまス……」

「おう、いつも残さず食べてくれてありがとうな」

彼女はちょっとだけ笑って一礼すると再び上に上がって行った。目元は腫れていたけど、何となく明るい感じだった。

俺に何が出来たのか良く分からない。

あの時、もっと良いことを言えたはずだが何も言えずに綺麗事《きれいごと》しか言えなかった。共感をしてあげたりするべきだったのかもしれないが彼女の人生での苦悩や葛藤は俺程度に分かるはずがない。

分かったふりなんて出来るはずない。千冬のことを知っていたはずなのにそれなり以下のことしか言えず、つまり、何も出来なかった。

千冬は本当に元気になったのだろうか。気を遣っているだけなのではないだろうか。

難しいな……。

◆

四姉妹は以前のように楽しそうに話すようになっていた。夕食を食べお風呂に入り、その時に僅かだが様子を見えた。

目元が腫れていたが四人共笑顔だったので良かったなと思う。

そのまま四人は二階に上がって行った。お風呂から上がったところも見たが既に千秋《ちあき》と千夏は欠伸《あくび》をしていたからグッスリだろうな。

一人、リビングでソファに座っていると千冬との会話を思い出す。千冬、大丈夫かな。元気になったのか。これからも悩んでしまうのかと考えると気が気じゃない。音のないリビングで考えていると再び誰かが下に降りてくる音が聞こえる。

「お兄さん」

「千春、どうした？」

降りてきたのは千春だった。

「もう一度お礼を言いたくて。ありがとうございました」

「ど、どういたしまして……でも、そんな気にしなくてもいいぞ？　何度も言うがあんまり大したことは言っていないんだ」

「そんなことはないですよ。うちはどんな話をしたのか具体的な所まで聞いてはいませんけど千冬《ちふゆ》が元気になったのは間違いなくお兄さんのおかげです。きっと千冬は姉妹の中の世界しか知らなかったけど、お兄さんと話して、他にも色んな考え方とか感じ方があるって分かったからもう一度頑張ろうって思ったんだと思います……多分ですけど……」

「そうか……」

「お兄さんにとっては大したことのないことと思っていたとしても、千冬には今までにない大きなものだったのではないかと……」

「そういうことなのか……難しいな……」

「そうですね……」

そういうことがあるのか……難しいな。本当に難しい。逆もあると言うことだよな。俺の何気ない発言が傷つけることもある。そうはならないようにするのが大前提だけど、俺も完璧じゃない、言葉の意味の食い違いなどで傷つけることもある。

下手にトラウマに関わったりしても……余計なことだった場合もあった。千冬が偶々上《たまたまう》手《ま》く行っただけ……なのかもしれない。

自分のトラウマとかってあんまり触れて欲しくないこともあるだろう……。誰にでもそう言ったテリトリーはあるしな。

……考え過ぎてしまった。千春を待たせている。

「……ああ、すまん。つい考えてしまった。お礼は受け取ったからもう寝てくれ。わざわざありがとう」

「いえ、こちらこそありがとうございました。おやすみなさい」

「おやすみ」

彼女の階段の上がる音が聞こえた。千春も疲れているだろう。今日はゆっくり休んでほしい。

俺は……洗濯や明日の準備もある。いつまでも座っていられないと俺はソファから腰を上げた。

◆

昨日は姉たちと少し溝が出来てしまいかけたが、魁人さんと話してそれを修復できたと同時に何か大きな物を得ることが出来た気がする。きっと、目の前の壁を乗り越えられたわけではない。でも、壁の前で倒れ込んで諦めてしまった千冬に、もう一度立ち上がる勇気をあの人がくれたのは確かだと思う。

ランドセルが軽くて視界と頭の中がクリア、非常に体の調子がいい。姉たちとも昨日のことが嘘のように気軽に楽しく話せる。もう一回走り出そうと思える。

自分を、千冬を特別だと言ってくれた。本当にそうなのか、分からないけど。それだけの言葉があるだけでこんなにも違うのだと驚いてしまう。朝、鏡を見たら今日の千冬はちょっと可愛《かわい》いって思えもしたし、なんだか頰が上がってしまう。

「ねぇ、昨日、アイツと何話してたのよ」

「え?」

教室の一角、窓側の一番後ろの席で座っていると夏姉が千冬に昨日のことを聞いてきた。魁人《かいと》さんとの会話は誰にも言っていない。昨夜の夕食の時に秋姉に聞かれてもお茶を濁すようにしたから気になっているのだろう。

「え、えと、まぁ、世間話的な感じっス……」

「ふーん。で?」

「で?って言われても……」

「どんな世間話だったのって聞いてるの。昨日も誤魔化すし、姉の私にも言えないことなの?」

「い、いや、そんなこと……ないっスけど」

「じゃあ、何？　元気が出るようなこと言われたんでしょ？　昨日の夕食だっていつも以上にモリモリ食べてたし、終始笑顔だったたし、もしかして、魔法ステッキとか買ってくれるって言われたりとか？」

「それは流石《さすが》に違うっス……」

夏姉はどうして昨日千冬が落ち込んでいたのかは分からない。分かっているのは春姉だけだと思う……。でも、きっと心配だからこうやって気にかけてくれる。それが嬉《うれ》しい。素直に嬉しいと感じられるのもうれしい。

昨日のこと、話した方が良いのかな？　これだけ心配をかけてしまったわけだし。昨日のことを振り返る。えっと、昨日千冬が魁人さんと話したことは……。

昨日、真っすぐに特別と言ってくれた時……言って貰えた時……。

「あわわ……」

「アンタ、顔赤いけどダイジョブ？」

「へ、平気ッス……」

「なら、良いけど……あ、それで昨日の……」

「え、えっと、忘れちゃったっス……」

「はぁ!?　嘘《うそ》でしょ！」

夏姉が聞いてくるのを流したり、誤魔化したりしながら思った。

きっと、姉妹である以上、誰かに比べられることがあるだろう。頼んでもいないのに勝手に比べてくるだろう。自身で比べてしまうこともあるだろう。

それで一人ぼっちと思うかもしれない。寂しいと思うだろう。

姉たちは特別であると言う認識は変わらない。それに何度も悩むだろう。

一生、悩むかもしれない。

でも、自分を特別と言ってくれる人が側《そば》に居てくれるだけで少しだけ、未来が明るく見える気がした……。

第六章

冬

寒さが本格的になり、もう十一月。児童たちの服装も長袖長ズボンが当たり前になってきた。体育でもあの運動大好きの千秋も長袖体操着を着用する程である。毎日楽しい日々が再び始まり千冬とはあれから特に互いに何を言うこともなく、気にすることもなかった。うちが姉として何も出来ないことが悔しくて悲しかったけど、お兄さんが代わりに色々言ってくれたんだよねー。それもちょっと悔しいけど。きっとうちには言えないようなことだったんだろう。いや、うちが言っても意味のないことだったのかもしれない。まぁ、千冬がお兄さんに何を言われたのか分からないが元気になって本当に良かった。でも、千冬の笑顔を見てまた、悩んでしまう時も来るのだろうな、と確信のような何かを感じ取って悲しくもなった。

そう簡単に全てが解決するはずがない。同じ悩みを何度も持ってしまう、何度も同じ過ちをしてしまうのが普通だから。きっとうちに手助けが出来ない大きな壁が千冬の前には……あんまり、マイナスな思考は止《や》めよう。うちは頭をわずかに指で押してマッサージのようにして思考を取っ払った。

「そろそろバス降りる所よ」

「ふむ、よしじゃあ降りたらすぐに家に帰ってコタツつけよう！」

千夏《ちなつ》と千秋が最寄り駅のバス停に到着すると一目散にバスを降りていく。その後を千冬とうちが追いかけるように降りる。先ほどまで暖房が効いていたバスの中とは違って外の空気は非常に冷たかった。冷たくて服の上から肌を手でさすってしまう。こんなに寒いと雪とか降りそう。

「帰ろ、我寒すぎてサブスクになる」

「ちょっと何言ってるのか分からないわね」

「秋姉はユーモアにあふれてるっスねー、わー、すごいなー」

千秋、千夏、千冬の順番で一斉に小走りに家に向かう。それは何かを早く欲するように家路に足を向ける。そっか、寒くなってきた最近は家に帰るとコタツが待って居るからね。うちもそれについていくとすぐに家に到着する。鍵はうちが預かっているから早く開けてあげないといけない。寒くて三人そろって足踏みをして体を温めている。……この姿を一時間位耐久で見ていたいから、敢《あ》えて鍵が見つからないふりをしても良いのではないかと悪魔が囁《ささや》くがそんな誘惑には負けず、家の鍵を開ける。

「手洗いうがい先にするんだよ」

千秋と千夏が真っ先に洗面所に向かう。千冬は特に慌てずにゆっくり向かって、全員手洗いうがいを済ませる。そして、リビングに入ってコタツ布団がかけられているテーブルのスイッチを入れる。そう、最近家に早く帰りたいのはこのコタツがあるからだ。足を入れて暫《しばら》くするとどんどん暖かくなる。

「これは人をダメにするわねー」

「そだなー」

「休むのもいいっスけど、宿題やらないといけないっス」

「「……」」

千夏と千秋《ちあき》は幸せそうな表情から途端に苦虫を嚙《か》み潰したような表情に変わる。千冬はしっかり者だから早速ランドセルから宿題を出してテーブルに広げる。

「今日はプリント二枚なんだ。うちたちのクラスと同じだね」

「そうなんスか？　違うクラスでも宿題は一緒にするんスね」

「でも、ちょっと問題が違う」

千冬の問題を見てうちたちのクラスと違うことが分かった。ちょっと、難しそうな感じがするけど……なんて心配をする必要などはなく、千冬はさらさらと凄《すさ》まじい速さで宿題を解いていく。うちもお手本にならないといけないから宿題をしよう。うちも始めると千秋と千夏も顔を見合わせて仕方ないと宿題をランドセルから出した。

「ああ！　アンタたちの宿題プリント裏は白紙じゃない！」

「よっしゃーー！　ラッキーだ！」

「ずるい、私の手伝ってよ！」

「だが、断る」

あ、やっぱりクラス毎《ごと》で宿題って違うんだ。単純に量がうちと千秋より千夏は倍だと感じて不満の声を上げる。終わったら手伝ってあげようと心に決めて鉛筆で書き進める。

「チラチラ……カキカキ……」

「千秋、うちのを見て写すんじゃなくて、自分で解かないとダメだよ」

「え!?　わ、我、そんなことしてない……」

「そう……」

すごく分かりやすくカンニングしてたんだけど……。隣で千夏も千冬《ちふゆ》の宿題を見てるし。あ、千秋がまたチラチラ見てる。算数の問題だから途中式がないと他の人の写したってバレちゃうよ。特にうちたちは同じ場所に住んでるって先生は分かってるんだし。照子《てるこ》先生怒ると怖いし、止めといた方が良い。まぁ、怒らなくても怖いけど。

「千秋」

「う、写してない！」

「途中式書いてないよね？」

「頭の中で計算した！」

「そうなんだ、頑張ったね……」

「そ、そうだろう!?　我。暗算トクイ……」

ここで問い詰められないうちの悪い所。ついつい甘やかしてしまう。

「夏姉、千冬の写すのはダメっスよ」

「ちょ、ちょっと自分だけ終わったからってプリントしまわないでよ！」

「アドバイスだけっスよ、千冬がするのは」

千冬、一体どれだけのしっかりとした芯があるんだろう。恐ろしい子。

「よし、我終わった！」

「なんで春は秋の写すの許してるのよ！　ずるいずるい！」

「ごめん。うちも付きっきりで手伝うから」

千夏が不満げな顔で宿題を進める。何とか終わらせるがその頃にはお兄さんが帰ってくる時間に近づいていた。

「……そろそろ私、上に行くわ」

「え？　じゃあ、千冬も……」

まだまだ、お兄さんとは話せるような関係ではない二人は二階に上がってく。いや、千冬は少しだけ話せるけど、千夏を一人に出来ないと言う優しさからの行動であることをうちは知っている。千秋とうちで待つことになるんだろうな。千夏と千冬が去って行く姿を千秋はジッと見ていた。何か思う所があるんだろう。でも、千秋は何も言わなかった。だから、うちも何も言わずにテレビを付けてお兄さんを待った。ずっと上の二人のことが気になる。

お兄さんは上にもコタツ付けてくれたし寒くないからそれは良かった。中々、心は開けない。警戒心と言うより、トラウマが抜けないって感じかもしれない。千秋と過ごしているとお兄さんが帰ってきたようで車の音が外から聞こえて来た。

そして、リビングのドアが開く。

「ただいまー」

「おかえりー！　カイト」

「お兄さんお帰り」

「今、ご飯作るからな」

お兄さんはスーツを脱いでワイシャツだけになると冷蔵庫を開けて、慌てた表情になる。

「――ッ。しまった、材料がない」

「ガーン。じゃあ……今日、ご飯抜き……？」

「そんな悲しい顔をしないでくれ。今すぐスーパーに行ってくるから」

「むむ、じゃあ我も一緒に行ってお手伝いする！」

「そうか……じゃあ、お願いしようかな」

「任せろ！」

「うちも行ってもいいですか？」

「うん。頼むな」

千秋だけ行かせるわけには行かない。ただ、千冬と千夏はこないだろうし、声だけかけて留守番しててもらおう。廊下に出て千冬を呼ぶ。すると、千冬がひょっこり現れた。

「うちたち買い物行ってくるね」

「分かったス」

「留守番お願いね」

「おけっス」

「じゃあ、行ってくるね」

「ちょっと待って欲しいッス」

「？」

「か、魁人《かいと》さんに千冬がおかえりなさいって言ってたよって……伝えて欲しいっス……」

「あ、うん。分かった」

「じゃ、じゃあ、そういうことで……」

千冬はそのまま去って行った。なんだろう、今の歯がゆい感じは……。何やら納得がいかない感じがするがしょうがない、今はスルーしよう。靴を履いて家を出て車に乗る。夕暮れで帰ってきたときよりも寒さがより強く感じられる。助手席に千秋が乗ってうちは後ろに乗る。お兄さんがエンジンをかけて車を発進する、鬼のように左右確認をしながら。

前から思ってたけど、お兄さんって凄《すご》く安全運転だなぁ。安心する。

「ねぇねぇ、カイト」

「どうかしたのか？」

「夜運転して外に出るって冒険みたいでワクワクするな！」

「そうかもな……。確かに夜は人影が見えにくいからドキドキするな」

「おー！　お揃《そろ》い！」

お兄さんからしたら夜の運転の危険性を把握してるからこそのドキドキ、千秋はただの初体験でのわくわく。

「雪とか降ったら、雪原のダンジョンみたいでもっとわくわくしそー！」

「確かにスリップしたりするからな、ドキドキだな」

奇跡的に会話が回っている。

「千秋は最近学校どうだ？」

「今日テストが返ってきた！　なんと八十点！　奇跡が起きた！」

「おー、凄いじゃないか！　千春《ちはる》はどうだ？」

「うちは百点でした」

「凄いな、千春は安定して高得点か」

お兄さんからは会話を広げたりなるべく交わそうとしてくれている気遣いを感じる。どうして、ただの赤の他人であるうちたちにそんなことをするのかは分からないけど。それを不快に思ったりすることは一度もなかった。

「よし、着いたぞ」

「おー！　スーパー、来たー！」

「ありがとうございました」

お兄さん、千秋、うちは車から降りてスーパーに入る。魚魚ー、独特の店内音楽が流れており、何だか気付いたときにこの歌を歌ってそう。お兄さんはカートにカゴを置いて店

内を回る。野菜とか、お肉とかをカゴに入れて。総菜コーナーで足を止めた。好き

「すまん、今日は作ると遅くなっちゃいそうだからお総菜買っていくことにするな。好きなの選んでくれ、千夏と千冬の分も」

「やったぁ、ここから選んだの買ってくれるの!?」

「勿論《もちろん》だ。選んでくれ」

「え、えっとね、千夏はこれが食べたいって言うし、千冬はこれで、我は……」

「お兄さん、ありがとうございます」

「気にしないで選んでくれ」

お兄さん自身も選んでいるのでうちも選ぼうとすると隣のお客さんの声が聞こえて来た。

「お母様、これが良いですわ！」

「はいはい。これねー」

その声を聴いたときに千秋は顔をしかめた。そう、いつもいつも千秋に絡んでくる自称お嬢様で他称悪役令嬢。西開地《にしかいち》レティシアがそこに居たのだ。隣には彼女のお母さんであると思える人も居る。レティシアと同じで金髪に金色の綺麗《きれい》な眼《め》。さらさらの髪は肩まで伸びていて凄い美人。

「そこに居るのはバカの千秋ですわね」

「……レティシアか。お前の家って名家だから金持ちって言ってたのに何でここに居る？」

「そ、それは……偶《たま》には庶民の暮らしを体験するためですわ」

「へぇー」

もしかしなくてもレティシアって普通の家出身？　なんだ、名家だから下手なことしたら潰されると思って今までビビってたけどそんな必要もないのかもしれない。半額シール貼ってあるお総菜買うお嬢様なんていないしね。

「知り合いってことだよな？　学校の同級生か？」

「そうです」

「……我あんまり好きじゃない」

「そ、そうか……」

お兄さんはちょっと困り顔だが、直《す》ぐに顔を切り替えて笑顔になり、相手の保護者さんに挨拶をする。

「どうも、こんにちは。千春と千秋がいつもお世話になってます」

「いえいえ、こちらこそいつもすいません。レティシアはちょっと変わった子だけど仲良くしてくださっているようで」

そこから世間話をしてレティシアたちと別れた。千秋はいつも馬鹿とか色々言われてるからあんまり好きじゃないんだよね。だから、眉間にしわが寄っている。なんでいつも千秋に絡むんだろう、あの子。そうこうしているうちにお会計を済ませてお兄さんはエコバッグに買った物を入れて店を出た。そのまま車に乗って家に帰る。

「あの子がちょっと苦手なのか？」

「そう。いつもいつも馬鹿とか、下品とか言ってくるから……傷つく言葉って言われた方は忘れない。ずっと、心に溜《た》まってくから、これ以上心に溜めたくない」

「……そっか。千秋《ちあき》は馬鹿でも下品でもないのに酷《ひど》いな」

「え!? 我、バカじゃない!? 下品でもない!?」

「勿論だ、寧《むし》ろ良いところのお嬢様疑惑すらあるな」

「えへへ……そう言ってくれるカイト好き!」

「そう言う素直な所は千秋の間違いない美点だな」

「むふふ、そうだろー!」

うちの前でいちゃいちゃしないで……くっ、お兄さんが恨めしい。

◆

本格的な冬が始まった。学校の教室でもストーブの場所取り合戦が始まるほどに寒さが極まってきている。寒いと良いことはない。朝の顔洗いの水は冷たいし、帰った時の手洗いうがいも冷たいし、朝は起きるのがきついし。でも、悪いことばかりではない。

「もうすぐ、クリスマスだけど、何買ってもらう?」

「藤井《ふじい》さんの将棋トレーニング」

「へぇ」

目のまえで女子たちが話している。小学四年生くらいになればサンタさんが居ないことには気づいている。だが、サンタからはもらえなくても親からはクリスマスプレゼントがもらえる一大イベント。女の子たちが沸かない方がオカシイと言うものだ。

現在、十二月二日。……毎年、食パンの耳を砂糖で味を付けて油で揚げてラスクのようにするくらいしかやることがなかったけど今年はどうなのだろう。お兄さんはケーキとかプレゼントとか買ってくれるのだろうか……いや、そもそもそんな我儘《わがまま》を言っていいのだろうか。

あんまり我儘は言えないけど、千夏《ちなつ》と千冬《ちふゆ》には楽しいクリスマスを過ごして欲しい。七面鳥、パエリア、ケーキ、プレゼント。皆、そう言ったものを貰《もら》ったり食べたりしたいはず……。

特に千秋はもう、毎日のようにワクワクしている。ソワソワしてバスで登校するときにイルミネーションが見えるたびにもうすぐクリスマスだ、ケーキだと笑いながら話している。

『もうすぐクリスマスかぁ……どんなケーキが食べたいか決めておいてな』

『えぇぇ!?　カイト良いのか!?』

『クリスマスにケーキ食べなくていつ食べるんだってことだよ、千秋』

『わーい!!』

お兄さんがケーキをくれると知っているからテンション爆上がり状態。今までそう言う特別な食べ物とかイベントとかしてこなかったから余計に楽しみなのだろう。だが、ソワソワしているのは千秋だけではなくて、教室の同級生たちも同じだ。皆の話はそれ一色。特に千秋と女の子たちのケーキについての議論が止まらない。ショートだ、チョコだ、ハーフアンドハーフだ、ロールケーキもあるぞと。

今もそう、クラスの女の子に食い気味にクリスマスについて聞いている。

「やっぱりクリームが良いのか!? 生が良いのか!? チョコか!?」

「あー、生クリームって美味《おい》しいけど食べ過ぎると重いよ……」

「そ、そうか……そんな秘密がケーキには……」

まだ、二十日以上あるのに楽しみ過ぎるらしい。まぁ、そんな姿が可愛《かわい》いんだけど。

このクラスの可愛さなら千秋しか勝たない。このクラスの女子は可愛い人多くて桜《さくら》さんも可愛いけど……やっぱり千秋しか勝たない。異論も認めない。

だが、そんな千秋に、世界最高である至高である千秋に喧嘩《けんか》を売る馬鹿が居る。

「ガキですわね。クリスマスでそんなに大騒ぎするなんて」

「またか、悪役令嬢……」

くるくる金髪ロール。嫌みな見下すような顔と目つき。うちは全く興味もなく、寧ろ不快感があるが男子からはかなり人気者らしい。顔立ちが整っている感じがするからだろうか。あんな女の子より千秋の方が絶対可愛い。ちょっと比べてみよう、検討する間もなく満場一致で千秋の方が可愛い。何故《なぜ》千秋の人気がそこまでないのか分からない。千秋しか勝たん。

レティシアが千秋に目を付け始めたのが体育のドッジボールの時間。両チームコート内には一人ずつしかいない。それが千秋とレティシア。外野の応援も白熱しており、千秋もかなり乗っていた。

青いゴムボールを片手で摑《つか》み千秋が前に向かって叫ぶ。

『これで、全てが変わる。赤チームの運命、我の運命』

『――そして、お前の運命もッ!!』

『キュいんーん、シュオン、シュオン、シュオン。これで最後だぁ！』

何やら、エネルギーを溜めるような音を自分の口で出して、そのまま投げる。千秋は運動神経が抜群で昨日の晩御飯にハンバーグを食べているからエネルギーもばっちり。千秋のボールはレティシアに直撃してそのままダウン。

そこからまぐれだの何だの言い始めてやたらと絡み始めた。

「今日こそ、決着をつけてやりますわ」

「いや、今日長縄……」

千秋はレティシアが苦手らしい。意味もなく絡んできて、いつも馬鹿にしてくる。今も眼の前で千秋が馬鹿って言われた。千秋が嫌いなようにうちも千秋を馬鹿って言う人は嫌い。

千秋がうちの下に寄って来る。

「ねーねー、アイツまた馬鹿って言った……」

「馬鹿じゃないよ、千秋は」

「だよな！　分かってくれるのは千春とカイトだけだ」

そこはねーねーが良かったんだけど……でも、元気いっぱいの千秋も可愛い。そう言いながら自分の席につく千秋。

千秋はうちの前の席、そこで姿を眺めるのも一興。

「千春はケーキ何が良い!?　カイトだから絶対買ってくれる!!　今のうちに予約しないと！　この間行ったスーパーで！　あの時チラシがあったの我確認してる」

「うーん……買ってくれるかな……そうなのかな？」

「そうだよ！　絶対今年はケーキ食べれる。初ケーキだ！　あと、プレゼントも！」

「そうだね……」

お兄さん、きっと買ってくれたり、食べさせてくれたりするんだろうけど。そんなに我儘を言っていいのかと僅かに悩む。信頼はしてる。だが、我儘にも限度と言うものは必ずあるはずだ。

千秋が我儘を言うならうちはあんまり言わない方が良いんだろうな。

「どうやら先生が来たようだな。フッ、では、また会おう」

そう言って千秋は隣の席に座った。最近、照子《てるこ》先生に授業中に寝て怒られることがあるからちゃんとしないとと言う意識があるらしい。うちも起こせるときは起こしているのだが、偶に気付かない時もある。

そう言うときに限って先生にバレてしまい怒られ、涙目になってしまう。千秋をもっとよく見ないといけない。

うちは授業に集中するのと同時に千秋にも意識を割いた。

◆

「はいー、じゃあ、授業はここまで、次の授業の準備しておいてくださいねー」

そう言ってゆるふわの初音《はつね》先生が教室から出て行った。その瞬間に教室中の緊張が解ける。眠気を我慢してそれを一気に解放する者や、背もたれに寄りかかる者。

「終わったぁぁぁ!! ああもう、社会つまんなすぎるわ!! 特産品なんか覚えられるわけないし!」

夏姉のように授業に愚痴をこぼす者。夏姉は背筋を伸ばしてストレッチをしながら開放感に身を浸す。

社会だけでなく全授業が夏姉にとってはストレス。

「ねぇ、冬は社会楽しいと思う?」

「まぁ、特産品とかは面白くないっスか?」

「赤べことか知ってもどうとも思わないわ」

「千冬は結構、可愛いと思うっスよ」

「うっそ……」

「それに福島には自分で色を塗れるのもあるらしいっス、そういうのって面白そうじゃないっスか？」

「……うーん、多少は思わなくもないけど。でも、やっぱり詰まんない」

夏姉は社会だけでなく、算数も国語も毎授業詰まんないと言う。千冬は詰まんないとか面白いとかそういう感情で勉強をしようとは思ったことがないから分からないが、やはり小学生は勉学が面倒くさい、やりたくないと思っている人が多いのだろう。教室には夏姉以外も愚痴をこぼしている人がチラホラ。

夏姉はしばらく授業への愚痴を言ってはいたが、急に雰囲気を変えた。僅かにだが眼光が鋭くなる。

「そう言えば、アンタ、最近アイツに随分と懐いているように見えるけど？　何、もしかして好きにでもなった？」

「えッ!?」

な、懐いただなんて……ちょっと偶に話しかけられた時に話しただけだし、別に好きとか……あわわ……。

「冗談よ」

「そ、そうっスか……」

何故だろうか、物凄《ものすご》い慌ててしまった。確かに最近魁人《かいと》さんと話せるようになってはいるがだからと言って好きとか、そんな感情は一切抱いていない。全く、これっぽちも、一ミクロンも。

「何か慌ててない？」

「いや、滅相もないッス！」

「そ、そう……冬が大声を出すなんて珍しいわね……」

「そ、そもそもと、年の差があり過ぎっス！　感謝とかはしてるけど恋とかそんなのは微《み》塵《じん》もないッス！」

「確かに年が一回り位違うもんね。じゃあ、このクラスに居るの？　好きな人」

「居ないっス。そもそもあんまり話す人すら居ないっス」

「ふーん。まぁ、私もそんな感じか」

夏姉は一瞬雰囲気を柔らかくするが直《す》ぐに元の鋭い雰囲気に戻る。

「ああ、言いたいことが言えなかった。秋や冬が懐く理由も分からなくはないわ。上辺だけ見れば良い奴《やつ》ではあるかもね……でも、あの男の部下でしょ。あんまり深入りしすぎない方が良いんじゃない？」

「でも、凄いお世話になってるし……そんな言い方は……」

「いつ、誰が牙をむくかなんてわからないのよ。気が変わるかなんて分からない。再三言ってるけど心を許しすぎないことは意識した方がいいわ」

「魁人さんはあの人たちとは違うっスよ……それは夏姉も分かってるはずっス」

「……」

夏姉はばつが悪そうな雰囲気になり、会話を断ち切ってそっぽを向いてしまった。最近、少しだけ魁人さんと話せるようになった。秋姉と春姉はもともと話せていたから夏姉だけが魁人さんと未《いま》だに話せていない。

何と言えば良いのだろう、自分には言えることがない。魁人さんは信用できる、秋姉も春姉もそれは分かっている。あの人たちを違うのは分かっている。

しかし夏姉だけが最初と変わっていない。それはきっと寂しいはずだ。辛《つら》いはずだ。自分だけが信用できない。輪から外れて、姉妹を取られたような気持ちになるはずだ。

千冬にはそれが分かった。でも、何か彼女の気持ちを変えるような言葉は見つからない。トラウマは易々《やすやす》と触れて良い物じゃない。知っているからと言って安易に触れてはいけない。

一歩間違えば相手を不快にさせるだけでは済まない。

……春姉はこんな気持ちだったのだろうか。

悩んでいるのを知っていて、でも何も出来ることがない。思いつかないのはこんなにもモドカシイ。それを背負っていた姉の背中が遠くに見えた気がした。

千冬《ちふゆ》は夏姉に何と言えば良いのだろう。信用してなんて安易に言えるはずがない。

一番はじめに、血のつながっている両親に殺されそうになったのは夏姉なのだから。

第七章

疎外感

　大昔から世界には様々な未知が存在する。幽霊や妖怪、世界破滅の予言、etc。そして、人々は未知を恐れる。自身の常識を外れた存在を恐れる。

　たとえそれが自身の血縁者だとしても、親族だとしても、子供だとしても関係ない。恐れて恐怖して排除しようとする。非道で残虐な者たちが世界には居るのだと知った。望んで異端になったのではないのにどうしてこんな目に遭う必要があるのだろうか。

　ただ、ひたすらに世界は残酷だと思った。でも、そんな中でも僅かな希望はあった。光があった。

　姉と二人の妹だ。一緒に居てくれる、信じあえるたった三人の家族であり存在。世界も周りの人たちも信用なんて出来ない。背中なんて見せることはできない。私が背中を見せて気を許すのは姉妹だけだ。

　どんな時でも四人で居れば、寒くても怖くても平気なはずだ。お腹《なか》が空《す》いても、他の家の子がお母さんやお父さんと手を繋《つな》いでいる光景を見ても平気だ。

　……本当は少しだけ寂しさや嫉妬、妬みなどもある。でも、それでも虚勢を張れるくらいには耐えることが出来た。

　環境は最悪でも自分には姉妹が居るからそれだけで幸せ者だと自分に言い聞かせてきた。

両親は最悪だけど、環境も世界も最悪だけどそれでも自分には信頼できる姉妹が居るから幸福。

そんな考えがずっと頭の中にあった。そんな中で生活をしていたある日、全てが変わった。

両親が死んだ。交通事故らしい。普通の子なら何かを感じるのかもしれない。悲しみや喪失感、悲壮。でも、私は不思議と何も思わなかった。そうなんだ、くらいしか思わなかった。

私だけじゃない。きっと姉妹も何も思わなかっただろう。それより誰が自分たちを引き取るのかと言うことの方が気になっていた。両親が自分たちのことを親族に言いふらしていると分かったのはお葬式の時だ。視線が物語っていた。

世界が全部、敵に見えた。この中の誰かに引き取られることになるなんて最悪にもほどがある。視線と聞こえるように言っているのではと思うような話し声。

イライラが止まらなかった。だが、それ以上にその視線に恐怖を感じて姉や千冬の背に隠れてしまった。

ずっと、不躾《ぶしつけ》な視線を送られ続けていたその時にある男に出会ったのだ。そいつは今まで出会ったことのない不思議な奴で私たちを引き取りたいと言う。

意味が分からない。ただ只管《ひたすら》にそう思った。あの男の部下？　遠い親戚のくせにどうして引き取るとか？　疑問が尽きないまま不安な生活がスタートした。大嫌いな親族たちの下に行くことだけはあり得ないと感じていたからだ。あの男もその一人だろうと感じていた。

だが、環境は恵まれたものであった。でも、そいつを信頼は出来ない。私だけじゃなくて姉妹もそうであると思っていたがそれは違った。自分以外はどんどん信頼を向けていく。自分だけが信頼が出来ない。それに困惑して怖くもなった。

『疎外感』

自分が周りからずれた異端な存在なのではないかと言う恐怖が襲って来た。

親が死んでも何も感じない。満月の光を浴びると……明らかに自分の見た目は人知を超えてしまう。人を信用できない。

化け物は人の心が分からない。異形な姿をしていると聞いたことがある。それが自分なのではないかと思ってしまう。その内姉妹すらも信用が出来ないのではないかと思ってしまう。

それが怖くて怖くて仕方ない。どんどん自分がその存在に近づいているのではないかと考えてしまう。自分ではどうしようもないこの感情。

ただ、私にはそんな日が来ないで欲しいと願うことしかできなかった。

◆

最近、千冬が俺に話しかけてくれる機会が多くなった。千秋《ちあき》も以前より懐いてくれる。千春《ちはる》は相変わらずシスコンで何かと目を光らせているが会話は以前より出来ている気がする。

日辻《ひつじ》四姉妹が俺の家に来てもうすぐ四か月が経《た》とうとしている。日に日に会話が全体的に増えて家の中が賑《にぎ》やかになっている気がする。それは非常に嬉《うれ》しいのだが千夏《ちなつ》だけは中々コミュニケーションをとるのが難しい。毎日話しかけてはいるのだが良い返事があまりない。

ずっと、緊張するのはきっと疲れる。ストレスもたまる。体にも悪いだろう。疎外感だって生まれてしまうかもしれない。そんな状態を続けて、不満を溜《た》めた顔を見るのは俺だって辛い。だが、そう簡単に距離は縮まらない。そこで、思った。普通ではない方法で仲良くなろうと。

もうすぐ、クリスマスだ。盛大に行きたい。今までにない素晴らしい経験をしてほしいと思っているがどうするのが正解なのだろうか。

無理に千夏に関わってしまうのもどうかと思う。彼女は彼女自身の両親によって包丁で刺されそうになったトラウマがある。姉妹以外の人を信じるのが彼女にとっては何よりも難しいものになっている。最初はある程度ゆっくりで良いと思っていた。だが最近自分以外が俺と関わる姿を見て何かしら思うことはあるだろう。

千夏が最近、悲しそうな顔を何度もしているのがその証拠だ……どうにかしたいと思ってはいるが……。

それに自分の超能力のことでも悩んでいる。彼女は満月の光を浴びると身体《からだ》が成人並みに成長する。そして、眼《め》が青から赤になり歯が少し鋭くなる。それで自分は人間なのかと悩むのがゲームでイベントとしてあった。


それは分かっているんだ。だが、俺に何ができると言うのだろうという議題に答えが出ない。ゲームだったら主人公がイベントなどを経て順調に好感度を上げて、不正解なく、彼女からの信頼を得た。それで貴方《あなた》のことが人にしか見えない、自分と同じと、一緒にしか見えないと言うことで彼女は一歩進むことが出来る。最初はかなり嫌な顔や拒絶をされたがそれも好感度が上がるほどに緩和されていく。

そんなの分かっている。

だが、それが出来るのは主人公だからだ。

俺は主人公じゃない。

知っているからと言って何が出来ると言うのだろう。俺はお前を信頼しているからお前も俺を信頼してくれと言うのが正解か。それは違うだろう。お前は人だと言うことが正解か。そんなことに意味はない、そんなことで信頼が獲得できると言うなら、彼女が立ち直るなら千夏はこんな苦労はしない。

知っているのに何もできないとはこんなにもモドカシイ。千冬の時も同じようなことで悩んだが、悩み自体は全く違うものだ。あの時のように行くわけがない。

「おい、大丈夫か？　仕事中だぞ」

「……そうだったな、すまん」

「何かあったのか」

「……信頼を得るにはどうしたらいいと思う？」

「プレゼントとか？」

「……この世界がゲームだったらな……」

「いや、どうした？」

仕事場にまで私情を持ち込んで良いのだろうかと言う理性的判断は俺には出来なかった。そんな俺の肩を誰かが叩《たた》く。振り返ると宮本《みやもと》さんだ。安心安全の知恵袋的なポジションの人だ。

「何かあったの？　悩みあるなら聞くけど？」

「ああー、その……色々、悩みがあるんですけど。取りあえず、千夏って子が居るんですけど。その子全然俺と話してくれなくて、気も許してないみたいで家の中でずっとそんな感じだと疲れたり休めなかったりしちゃうと思うんです。だから、打ち解けたいというか、信頼を得たいというか、どう思いますか？」

「……うーん。打ち解ける、信頼ね……色々方法はあると思うけど……まずは一歩踏み込んでみるというのがいいのかもしれないわね。だからと言って、無遠慮に距離を詰めるというのもダメな気がするわね。ケースバイケースで、しかも人によってそこは違うと思うわ」

「……なるほど」

……一歩踏み込むには具体的にどうすればいいんだ？

「あとは、普通に時間が経つのを待つ」

「……今すぐにってのは無理ですかね？」

「難しいわね。時間ってそれほど凄《すご》い物だから。時間で人は育ち、信頼も時間をかけてゆっくりと得るもの。人が誰かを信頼するときそれは劇的じゃない方が普通。一緒に居たり、話したり、遊んだり、積み重ねた時にふと信頼って出来るものだからね」

「……そうですよね。それが普通」

千秋と千冬は何か劇的なことが偶々《たまたま》起こっただけ。でも、それが特別なんだ。信頼を得るのは普通じゃない。想像以上に難しい。

「うちの娘も反抗期とか色々あってね……でも、真摯に真っすぐ向き合い続ければいつか必ず信頼は得られる。その人に響く言葉もかけてあげられる。それを私は親をしながら学んだわ」

「……」

真摯に真っすぐ向かい合うか……時間をかけて。そう言えばゲームでも高校一年から始まってエンディングを迎えるのは高校三年の卒業式だったな……。

いや、今更ゲームを基準に考えるのは馬鹿か。千冬《ちふゆ》の時に分かった。本来ならあり得ないことが起こるのはゲームじゃないから。

あの子たちは俺と関わって変化していった。それが普通だ。

きっと、知っていたとしても千夏の悩みを解決することなんて俺には出来ないし、信頼も得ることは難しいのだろう。それはゲームではなく現実だから。

でも、千夏と向き合うことを放棄する理由にはならない。クリスマスまで時間がない。少しでも良いから千夏と……いや、四人全員と向き合うことを大切にしていこう。

ふと時間を見るともう、定時だ。帰らないと。

「宮本さん、ありがとうございました。何か、変わった気がすると言うか、頑張ろうって思えました」

「そう、よかったわ」

「あれ？　俺は？」

その日、俺は定時で帰宅をすることにして、退社した俺は帰りにコンビニでスイーツ等を買った。物で釣ろうとしているわけではない。単純に喜んで欲しいと言うだけだ。

車を走らせて家に帰る。真摯に真っすぐ向かい合うと言うが何をするのかと自問したときやはり対話くらいしか思いつかない。だからと言ってずっと対話をすればいいと言うものでもない。

四人と一緒にご飯を食べたりとかするのもいいんじゃないかと思うけど……俺が居ることで妙にかみ合わないこともある。

色々考えてしまうがやはり会話をして対話をしてお互いをもっと知って行くのが、今の俺に出来る真摯で真っすぐな最低限の精一杯かもしれない。

とは言うけれどもなんか緊張もする。向かい合うとかそういうのって結構こそばゆかったり、ソワソワしてしまうのは俺のコミュ力がないからではないだろう。誰でもきっとそうだろうな。

熱い言葉を言ったり、良い話な感じの雰囲気も実は苦手だ。途中で恥ずかしくなって俺なにを言ってるんだっけと思ったり、どこまで話したっけと頭が混乱する。だからと言って雑に語るのも気持ちが悪い。

どういうスタンスで話すのか悩んでいる間に家に到着した。

◆

私は春と一緒に二階の自室でコタツに入りながら宿題をしていた。おやつを食べて後回し後回しをしているうちに五時を過ぎても終わっていないと言う今の状況になってしまった。頭悪い組のはずの千秋は早々に宿題を終わらせた。

「千夏、ここ違うよ」

「そ、そっか……えっと……」

長女である春は自分の宿題なんか秒で終わらせたのにもかかわらず秋の手助けをして、さらには現在、私の宿題の手伝いもしてくれている。以前から思っていたが本当に過保護が過ぎる。

全てを自分以外に注ぐ姿に思う所はある。だが、春は甘えたり頼ったりすると喜んでくれる、逆に頼ったりしないと不機嫌になるのを知っている。

だから、甘えてしまう私。

「こう……かしら？」

「正解、よくできたね。えらいえらい」

プリントの宿題の間違っていると指摘されたところを消して、新たな解答を書く。それが正解していたようで春が私の頭を撫《な》でる。それが嬉しくて口角が上がってしまうのと同時に赤ん坊のような接し方に思えて少し複雑。

春は私の頭を撫でながらあやすように聞いた。

「お兄さん……どう、思ってる？」

相変わらず、よく見ていると言うか良く分かっていると言うか。私が、私だけがアイツを信用できていないと春は見抜いている。そして、その事実に心を曇らせていることも。

「信用できない？」

「……うん」

「……うちもね、完全にお兄さんに心を許したわけじゃない。千秋も千冬もそうだと思うから……一人じゃないから。安心してね」

「……ありがと」

春の言葉は私の心にすっと入ってきた。それと同時に焦らなくても良いという安心感なども湧いた。でも、春は優しいから気を遣ったのではないかとも思ってしまった。もしかしたら、春の言っていることは本当でも、いつか自分だけ信用できない日が来るのではないか恐怖もした。未来に不安を持っているのは私だけじゃないと分かっているけど、それでも怖い、只管《ひたすら》に怖い。もしかして、私だけ不安が残ってこのまま取り残されたらと思うと、怖い。

一人だけ取り残されたくない。だから、姉妹と同じように信じてみたいという気持ちも少しだけはある。でも、それはそう簡単ではなくて、凄い怖いことで、相手が何を考えているかなんて分かるはずなくて……今の私にはきっと不可能であると分かっている。信じるなんて不可能だと知っている。

「大丈夫……」

「うん……」

私の僅かな感情の変化を読み取ってくれる春。春の撫でる手が凄く温かく感じた。恐怖で荒れ始めていた感情が徐々に落ち着きを取り戻す。私が落ち着くと彼女は手を離した。

そして、宿題を再開していると、

「おおー、カイト！　お腹空《なかす》いた！」

千秋《ちあき》の嬉《うれ》しそうな声が聞こえてきてアイツが帰ってきたことがすぐに分かった。

「お兄さんが帰ってきたみたいだね……お世話になってるし、おかえりは言いに行こう？」

「……分かってる」

毎日、おかえりなさいは必ず言うようにしている。私もお世話になっているのに不義理な態度をとってしまっていることは理解はしているつもりだ。だが、やはり距離が取れるなら取りたいと言う感情が強く、言うだけ言ったらすぐに二階に戻る。

春に手を引かれて階段を下りていく。リビングのドアを開けるとそこには自分より大きな存在。あの日の恐怖を思い出して、思わず春の後ろに隠れてしまった。やっぱり大人は怖い。いや、姉妹以外が怖いと言う方が正しい。優しそうな顔をしてるけど、本当の顔なんて分からないんだから。

「お兄さん、お帰りなさい」

「お、おかえり、なさい」

「ただいま。出迎えは嬉しいがわざわざ降りてこなくても良いんだぞ？」

「いえ、これくらいは……」

「じゃ、じゃあ、私はこれで……」

私は逃げるようにそこから去ってしまった。恐怖を思い出すのと自分だけが和から外れたような疎外感から逃げたくなったからだ。

階段を急いで上がって行く。最後の一段を上がった時に後ろから低い声が響いた。

「えっと、ちょっと待ってくれ。千夏《ちなつ》」

「ッ……」

思わず、びくりと体を震わせてしまった。アイツがそこに居る。どうしよう。あんまり会話をしたくない。自分より大きな存在と話したくはない。上手《うま》く話せずグダグダになってしまって相手も不快になるだけだろう。

でも、この状況で無視をしたり逃げたりすればそれこそ不快にさせてしまうだろう。ゆっくり振り返って顔を見る。

アイツは階段のすぐそばで一段も登らずこちらにぎこちない笑みを浮かべている。

「な、なんですか？」

「その……まずは俺は無害だから安心してくれ！」

「は、はぁ……？」

彼は敵でないと両手を上げたまま話を続けた。ついでにポケットに何も入っていないぞと中を見せてくる。安心安全だと自分から言うなんて、ちょっと安っぽくて信用できない。

「それでだな、そのー、言いづらいんだが俺と千夏は……あ、そもそも千夏って呼び捨てにして大丈夫か!? まだそこまで親しくないし苗字《みょうじ》で読んだ方が良いか!?」

「いえ、名前で大丈夫ですけど……」

「そうか」

　何という気遣い……ここはアンタの家なのにどうしてそんなに下から来るんだろう。どうしてそんなに親切にするのか良く分からない。その謎の親切が信用できない。気味悪い。

「じゃあ、千夏……」

「は、はい」

「俺と千夏はさ……その、言いづらいんだが……あんまり仲が良くないよな……」

「え？　そ、それは……」

　やっぱり不快だったのだ。どうしよう家主を怒らせてしまった……私のせいで、皆バラバラになったりしたらどうしよう。前の暮らしに戻ったり、親族の下に送還されたり、私が不安になると気持ちを理解したアイツが違うと再び大きく手を振った。

「違う違う。怒ってるとかじゃなくてだな……その、だからと言うか、何というか、仲良くしたいんだ」

「な、仲良くですか？」

「そうだ、変な意味じゃなくて。一般的な意味でだぞ。そこは安心してくれ」

「は、はい……」

　変な意味で仲良くなりたいと言うのがあるのだろうか。そこら辺は良く分からないが彼は話を続ける。ぎこちなさを感じさせる笑顔のまま。

「折角、一緒の家に住んでるんだ。いつまでもぎこちないんじゃ互いにとっても良いことじゃない、と言う理由だ、だから変な意味じゃないぞ」

「分かりました……」

変な意味じゃないと言う念押しが強い。変な意味は分からないがもしかしたら、変な意味でそれを隠すためにこんなに食い気味に否定をしているのか……信用できない。

「えっと、それでだな。やっぱり、他人同士が仲良くなるのは凄《すご》い難しいと思うんだ。だから、今ここで対話をしよう」

「こ、ここでですか？」

「そうだ。ここでだ」

廊下の階段の上と下。この状況で会話……確かにここまで距離があれば、普段のように近くで話すより安心感があるような感じも……するような、しないような。

と言うか対話っていきなり過ぎないだろうか……うぅ、緊張してきた。どれくらいやるんだろう。あんまり長くても正直……。

「安心してくれ。対話と言っても一分だ。それ以上やっても気まずくなるだけだからな」

い、一分か……それなら短いし。

「一分、秒に直すと六十秒だな」

「……」

なんか途端に長いような気が……。

「そ、そんなに長くないからな。一分だぞ？」

……さっきからこの人私の心を読みすぎのような。いや、私の感情が顔に出やすいだけか。

「それじゃあ、いきなり唐突なんだが最近学校どうだ?」

「ふ、普通です……」

「そ、そうか……」

「は、はい……」

「「……」」

互いに探り探りの会話。話のテンポが上がらずおどおど状態。早く一分が終わって欲しい。

「えっと、好きな食べ物とか……」

「と、トマト……料理です。ミートスパゲッティとか、トマト煮ロールキャベツとか」

「じゃ、じゃあ、明日の夕食は……」

ちょっと溜《た》めて重大発表のような雰囲気を彼は醸し出す。もしかしてトマト料理にしてくれるのだろうか。だとしたら非常に嬉しいと言う期待が湧く。

「ローストビーフにしよう」

「……」

「……ごめん。緊張してるみたいだったから面白いことを言ってほぐそうとしたんだけど……今のは忘れてくれ」

「はい。そうします」

下にいる彼は気難しさのある顔のまま話を続ける。変にギャグとか入れてくるなんて……変な人。しかも全く面白くない。

「千夏は悩み事とかないか……？　あれば聞くが……」

「いえ、大丈夫です……」

「すまん。いきなりは話し辛《づら》いよな……その内、気が向いて話したくなったら話してくれ……一分、経《た》ってしまった……じゃあ、また明日も一分話そう」

「え？」

「明後日《あさって》も明々後日《しあさって》も一分間だけこうやって話してみよう。毎日無理のない程度に互いを知っていこう。と言う風に俺はしたいんだがどうだ……？」

「は、はい」

「……すまん。断れないよな。俺がそう言うことを言ったら……もし、少しでも気持ちに曇りがあったら無理はしないでくれ。逆にそっちが嫌だからな……と言うわけで今日はこの辺で……」

難しそうな顔をしている。それはきっと自分のせいなのだろう。私が彼を信用できない、未《いま》だに距離をとり続けている。だから、その距離を縮めようとしているが私が離れていくから難しい顔になっても不思議じゃない。

「ごめんなさい……」

「ん？」

「私がいつまでたっても、三人みたいに貴方《あなた》を信用できないから。貴方に気を遣わせてしまって……」

「いや、それは謝ることじゃない気がする、かな？　そう言うのって絶対個人差があるのが人間と言うか、普通と言うか……うん、そこは気にしなくて良いと思う……」

彼は少しソワソワしていると言うか先ほどよりももどかしそうになっている。恥ずかしいことを言ったように目線が僅かに泳いでいる。

「お、俺も何年も一緒にいるけど嫌いなやつとか、笑顔だけで取り繕って信用とか信頼してない奴《やつ》多いし。寧《むし》ろ、信用してる人より多い……から、気にしないでいいぞ？　あと、無理して信用とかもしようとしなくていい。全部これからってことにしよう」

「……はい」

「じゃあ明日の夕食はナポリタンとトマトジュースにするからな。またな」

そう言って彼はそのままリビングに戻って行った。去り際の不器用な笑みが頭に残っている。あの笑顔、ちょっと似てる……春に……。

私は彼の背中が見えなくなったのでいつもの部屋に戻った。電気をつけて部屋の隅っこに座る。何だか、異様に疲れた気がした。あまりない経験、最近では拒絶をしていた経験。

学校でも千冬《ちふゆ》以外とはほとんど最低限以下でしか話なんてしない。

一分間と少しだけ。そんな僅かな時間を過ごしたがその記憶は一生忘れることがないと言う位、頭の中に刻み込まれている。

会話を思い返していると部屋のドアが開いて春が入ってきた。心配そうな顔で私の隣に腰を下ろす。

「……どうだった？」

「……」

どうだった、アイツとの会話を言っているのだろう。もしかしたら隠れて聞いていたのかもしれない。いや、絶対居ただろう。

「聞いてたの？」

「うん。普通に聞いてた」

「……でしょうね」

「それでどうだった？」

そう言われた時に私は何と答えて良いのか分からなかった。言葉で表すのが頭の悪い私は苦手だがそれだけではない。本当に分からない。

「分からない……」

「会話は楽しかった？」

「分からない……」

「……信用出来そう？」

「……分からない」

「お兄さんの空回りしたギャグは面白かった？」

「面白くなかった」

「それはうちもそう思った。全然、面白くなかったね」

「うん。そこだけはハッキリ言える」

分からない。信用できるのかできないのか全く分からない。だが、あのギャグが全く面白くないのは分かった。

そして春もそう思っていて、共感できたことに安心した。繋《つな》がりがあることに嬉《うれ》しさを感じた。まだ、自分は姉妹と繋がっていることが分かった。

「……ギャグは凄い滑ってたし、微塵《みじん》も面白くなかったけど、お兄さん良いこと言ってた気がしたな」

「それは私もそう思った……少しだけど」

「あと、良いこと言ってるのにそれに恥ずかしがっているお兄さんがちょっと面白かったな……」

「そっか、やっぱり恥ずかしかったんだ」

「多分、そうだと思う」

「そう……あと、毎日一分話しようって言われたけど……」

「無理して距離を詰めるのは出来ないから時間をかけようってことじゃないかな？」

「なるほどね……」

私だけ、時間をかけるか……。

「お兄さんの言葉を借りるなら人間なら個人差があって当然だから気にしない方が良いよ。お兄さんはうちたちより多く生きてて、沢山色んなことも知ってるから、正しいのか間違っているのかうちには分からないけど、一つの答えでもあると思う……」

「相変わらず、私の心を読むのね。後、顔が赤いけど……」

「うちも、こういうのちょっと恥ずかしいっ……」

あまり表情を崩さない春の頬が僅かに赤くなる。体育座りして合わせてる足の親指が少し動いて、落ち着きが僅かになくなる。

「まぁ、うちもお兄さんと千夏《ちなつ》が話しているのを聞いて思ったんだけど、お兄さんを信頼できるかどうかのことで悩むのはまだ早いんじゃない？　千夏が今抱えている悩みはこれから先考えれば良いと思う。この家に来てお兄さんと出会ってまだ、半年も経ってないんだから。悩むのは……二年後くらいにしよう」

「それは先過ぎない？」

「そうかな？　個人差があるのが普通ならもっとあっても良いと思うよ」

「……そうかしら？」

「うん。そうに決まってるよ」

「……」

「それしかありえないよね!!」

「凄いごり押しで来たわね……」

確かにそうかもしれない。いつまでも馬鹿みたいに悩んでも意味がない。取りあえず、分からないことだらけなのは分かった。今は、姉の言葉に乗っかっておこうと思った。

ふと、春と会話をしていて思ったことがある。それを自問する。信用できるだろうか、私に。今の私にはきっと無理だろう。どうあがいても絶対に無理。でも、明日の私なら、未来の私ならと考えたらどうだろうか。

……その答えは、分からないと、今の私は答えるだろう。

第八章
クリスマス

「クリスマスが、今年はやってくるー♪」

「その歌、何か悲しいんだけど？」

バスで学校に登校する僅かなひと時。クリスマスが楽しみ過ぎる千秋《ちあき》が先走り、周りに迷惑にならない絶妙な声の大きさで歌を歌っていた。その歌を隣の席で聞いていた千夏がため息をつきながら突っ込む。

千夏……最近少し明るくなった気がする。明るくなったと言うより重々しく考えなくなったと言う風が正しいのかもしれない。最近は毎日お兄さんと一分間話している。互いに手探り状態だけどその経験は凄《すご》く千夏にとって良いものになっているのだろう。

信頼とは簡単ではない。それが普通であり個人差がある。そのことが分かっただけでも大きな財産になることは間違いないだろう。そして、千夏は気付いていないがそれが自分に大きな影響を及ぼしている。

お兄さんにはお世話になりっぱなしだ。

「何故《なぜ》だ？　寧ろ楽しみで仕方ないだろうに」

「そうかしら？　まぁ、アンタには分からなくても仕方ないわね」

ちょっと煽《あお》るように言う千夏。姉妹に売られた喧嘩《けんか》は断固として買うがモットーである千秋はムムッと臨戦態勢に入る。

「はぁ？　おいコラ、馬鹿夏」

「はぁ？　馬鹿って言った方が馬鹿なのよ」

「馬鹿って言った方が馬鹿って言った方が馬鹿だ」

「馬鹿って言った方が馬鹿って言った方が馬鹿って言った方が馬鹿よ」

「……えっと……今、どっちが馬鹿だ？」

「……あれ？　どっちだっけ」

二人が何やら些細《ささい》なことで喧嘩のような雰囲気になりかけたがすぐさまシリアスは吹き飛んでしまった。

前の席の二人の頭を眺めるのは意外に好きである。金髪と銀髪。並べるとこれまた風情がある感じがする。さらに隣には茶髪の千冬。姉としてここまでの贅沢《ぜいたく》はないだろう。

前で二人は話しているが隣の千冬は黙って何かの本を読んでいた。学校の図書館で借りている本だろう。少し、年季が入っている。

「千冬、何読んでるの？」

「え!?　あ！　何でもないッス！」

千冬はうちがそう聞くと急いで本をしまった。あれ？　これってお姉ちゃん嫌われているわけじゃないよね？

もしそうなら、今ここで魂が旅立ってしまう。天国から姉妹を随時監視する天使になってしまう。

「ご、ごめん……」

「い、いや、謝らないで欲しいっス……春姉悪くないっスから」

「そう……」

何を読んでいるんだろう。隠してしまったから分からないけど、気になり過ぎて夜絶対眠れない。

でも、無理に追及するわけにもいかない。はぁ、気になる……。

「えっと、馬鹿って言った方が馬鹿だから……」

「と言うことはここで私が馬鹿で次があんたが馬鹿で……」

「そうだな……えっと……我が馬鹿になるのか？」

「そうね」

「くっ、まぁ、実際我の方が頭良いしな……気にすることでもないだろう」

「馬鹿の負け惜しみね」

「ふっ、馬鹿の一つ覚えのように馬鹿馬鹿馬鹿、連呼しよって……いいか！　何度も同じことを言う奴が一番馬鹿だ！」

「へぇ」

「むっ、ちゃんと聞け、大事なことなんだぞ。大事なことだからもう一回言うぞ。何度も同じことを言う奴が一番馬鹿だ」

「へ……ふーん」

前で行われている頬が緩む天使の群像劇に意識を割きたくて仕方ない。だが、どうしても千冬《ちふゆ》が読んでいた本が気になってしまう。お姉ちゃんに隠すようなことって何なの!?

うぅぅ、お姉ちゃん口固いよ。相談とか二十四時間営業中だよ。

何か知りたいことがあるなら春ペディアに聞いて……。

「あれ？　千冬その本なんだ？」

悩んで周りが僅かに見えなくなっていた。気が付くと千秋が後ろを振り返っていた。千秋だけでなく、千夏も。二人の視線は千冬が隠している本。

「これは……何でもないっス」

「ええ？　気になるぞ」

「……あ！　そろそろ降りる所着くっスよ」

千冬は僅かにたじろぐが誤魔化してそのまま席を立って出口の方に向かって行った。

気になる……。

◆

危なかった……千冬は慌ててバスから降りた。千冬の手に握られているのは一冊の本。

『恋とは、何か』

と言うタイトル。何故だか分からないがついついバレるのが恥ずかしくなってしまった。

別に何がどうなると言うわけじゃないけれども。

なぜ、この本を読もうと思ったのかは分からない。ただ、図書室で目に入ったから借りたのか、自分の求めている答えがそこにあると思ったのかそこら辺はハッキリしない。

最近、心臓が妙に跳ねる時がある。ざわざわして落ち着かなかったりすることもある。

それがどうしてなのか分からない。どこにもその答えが載っていない。

けれど、この本に何だか答えがある気がする……？　半信半疑のような状態で読み進めるとどうやら千冬の今の状態は恋と言うものに似ているということが分かった。

いやいやいや、恋って。一体自分が誰に恋をすると言うのだろうか。逃げるように教室に入り、席に座りながら本を開いて自問自答する。

『恋をすると、特定の相手を見るとドキドキする』

ふむふむ、いやこれはない。魁人《かいと》さんを見ると心拍数が上がって血行が良くなるようなことはあるけどこれはそれとは違うだろう。

『相手と眼《め》があうだけで嬉しい』

ふむふむ、これもない。確かに千冬は魁人さんと目を合わせると少しだけ、うれし……

こそばゆくなるがそれとこれとは関係なし。

「ふーん、話せるだけで嬉しいと」

「ぴゅ!?」

「なによ、その声は」

「な、夏姉……急過ぎっス……」

「さっきから結構話しかけてたんだけど……冬がずっと集中して聞こえてないだけよ」

「そ、そうなんスか……」

「で？　これがバスでも読んでた本なのね……何？　恋でもしてるの？」

「別に違うっスけど!?」

「いや、そんな食い気味に……」

夏姉が千冬が読んでいる本を覗《のぞ》き込んでいたのでそれを急いで隠す。

「別に隠さなくてもいいじゃない。恥ずかしいことでも何でもないと思うわよ？　恋をしてるのかしてないのか置いておくとして、恋を知りたいと思うのは人間の性《さが》よ」

「いや、別に恋を知りたいわけじゃないっス……ただ、偶々《たまたま》手に取っただけ……」

「ふーん。まぁ、何かあったらこの私に聞きなさい。インテリ恋愛分析をしてあげる」

「インテリ……分かったっス」

「……今、私を疑ったでしょ？　インテリって意味知ってるのって思ったでしょ？」

「いや、そこまでは……」

「やっぱりちょっとは思ったのね」

「……」

「ちょっと、無言は止《や》めてよ。私全然怒ってないから」

夏姉が問い詰めるように顔を近づける。これ、チクチク言われるパターンかもしれない。その状況で先生が教室に入ってくる。た、助かった……そこで夏姉は隣の席に腰を下ろす。

「あとでね」

あ、これ後でチクチク言われるパターンだ……今日が学校最終日で明日から冬休みと言うのに……最後の日に学校で姉にチクチク言われることになるなんて。

苦笑いを浮かべながら本をしまった……。

◆

うちたちは四年生、二学期最後の日を終えてバスに乗っていた。学期の最後の日は荷物が沢山ありいつもより疲れる。

「冬休みは宿題が多いから嫌なのよね……」

「だが、ワークは答え見れば二時間で終わるぞ」

「確かに。いかに早く答えを写すか、違和感なく写すかそこが問題ね。算数は途中式の計算がないと怪しまれるから気を付けないと」

「偶《たま》に敢《あ》えて間違っておけばやった感もでるんじゃないか！」

「最高。それね」

「いや、それじゃ宿題の意味がないっスよ」

千夏《ちなつ》と千秋が前で冬休みの宿題をいかに早く終わらせるか話している。今は自由。そして、冬休みが始まる。やれることもやりたいこともあるから、宿題なんて足枷《あしかせ》は早々に外したいのだろう。

だが、真面目な千冬はそれを止める。前で座る二人に後ろから会話に交ざる。

「宿題って自分の為《ため》にやるものっス。だから、ズルとかは絶対にやってはいけないっス。特に二人は……その、もう少し勉学に励まないと……ね、ねぇ？　春姉？」

「……そうだね。ズルはダメかな？」

「ええ——？　面倒くさい！」

「そうよ、バレなければ良いのよ、秋が言った通り、所々適当に間違っておけば実際にやったリアリティでるし」

「もう、二人共千冬が言ってることを全く理解していないっスね……」

「二人共、しっかり宿題はやろう……ね。じゃないと分からない問題をうちが教えてあげられなくて姉の威厳を見せる機会が減っちゃうから」

「春姉もかなり私的な理由……」

答えを写すなんて言語道断。姉と妹のコミュニケーションの場が減るのだけは勘弁だ。

「とにかく、二人共宿題は答え写すの禁止。その代わり、うちが付きっきりで教えるから。勿論《もちろん》千冬も」

「千冬は全部自分で解けるっス」

「そんなこと言わないで。分かる問題も分からない問題もど忘れした問題も全部聞いても良いんだよ？」

「え、遠慮しておくっス……」

「そう……」

「あ、そんな悲しそうな顔しないで欲しいっス……わ、分からない所あったら春姉に聞くっス、それで……」

「うん！　任せておいて！」

うちの体から無限のエネルギーが湧いてくるようであった。妹たちと落ち着いた環境で出来る宿題とは素晴らしい。

千冬は苦笑いをしながらも会話が途切れるのを見計らって窓の外を眺める。窓の外には灰色の雲から雪が町並みに降り注いでいた。

「……」

千冬は何も言わずにただ、外を見ている。何を考えているんだろうか。最近、こういう感じの千冬をよく見る、もどかしそうに何かを探しているような……。儚《はかな》げな表情でため息もちょっと多いし、一体どうしたんだろうか？

「それにしてもレティシアは最後の日まで我に突っかかってきたな」

「レティシア？　誰よ、そいつ」

あの暴君の話か。あの悪役令嬢のレティシア。そいつが今日も千秋《ちあき》に絡んできたのだ。今年最後の体育の時間。最後だからと先生がやりたいスポーツをやって良いと言うのでアンケートでドッジボールをすることになったのだ。

『勝負ですわ！　今日こそぎゃふんと言わせますぅわ！』

例の如《ごと》くレティシアの煽《あお》り。ああいうのカッコいいと思っているのであれば間違いである。小学四年生。そろそろ通じない時期が来るだろう。しかも、お嬢様ロールプレイをしているだなんて。

まぁ、そんなこんなでドッジボールが始まり、それで千秋は無双をした。

その後の給食でもやたら絡むレティシア。もう、勘弁してと千秋がうちに目で訴えたからうちの目の圧で距離をとらせたっけ。

「へぇ、そんな奴《やつ》がいるのね」

「そうだ。そんな奴がいるのだ」

「……ふーん。それってもしかしてアンタのことが好きなんじゃないの？　そのレティシアって奴」

「はぁ？　どうしてそうなる？　仮に好きだとするなら何故《なぜ》煽ることをする」

「アンタには分かんないか。このウニのジレンマが……」

「どういう意味だ？」

「好きな相手にはついつい意地悪をしてしまうのが小学男子らしいわよ」

「レティシアは女子だが……それ何処《どこ》ソース？」

「冬が読んでた恋の本」

「ぴゅえ?!」

なん……だと……千冬が、あの千冬が……図書館では野良えもんの勉強の漫画くらいしか子供の本を読まないのに。ままっま、まさか、千冬……こ、こここ恋してるの？　まさか、そんな……いやでも、もしかしたらうちの思っている恋とは違うかもしれない。もしかして故意？　それとも鯉《こい》？　の可能性もある。

千冬が千夏に本のことを話されると窓を向いていたはずの顔がギョッとする。

「ほう？　千冬よ。恋の本を読んでいるのか？」

「え!?　あ、いや、え？　偶々手に取ったのがそれってだけで……その……」

どうして、そんなに顔が赤くなるの？　その反応は犯罪の故意についてとか、魚の鯉についてじゃないよね。ええ！！？　こ、恋の方で確定じゃん。四女確定演出じゃん！

ち、千冬、一体だれに恋を……これは問い詰めないと……。

「それ、どんな本なんだ？　我に見せてくれ」

「そ、それはちょっと……」

恥ずかしそうに両手の人差し指を千冬は合わせたり、離したりしている。うん、全世界にこの可愛《かわい》さを伝えたい。

って違う。今は千冬の恋の相手を知らないと。

「なんだ？　そんな恥ずかしい本なのか？」

「そうじゃないっスけど……」

「まぁ、良い……話を戻そう」

　時を戻そう的な言い方で千秋は再びレティシアの話を始める。取りあえず今は現状維持だけど、こんどしっかりと千冬《ちふゆ》とは姉妹相談しないといけない。

「そうね。レティシアって奴は秋、アンタが好きだからそう言うことをしてるんじゃないか説を私は提唱するわ」

「ふむ、その心理がいまいちわからん。好きなら優しくするんじゃないのか？　カイトみたいに」

「小学生男子限定の心理よ。まぁ、女子にも多少の適用もあるでしょ。小四になって未《いま》だにそんな子供じみたアピールはどうかと私は思うけどね。でも子供っぽいって言えば小四で厨二《ちゆうに》のアンタと同じか。案外お似合いだったりして」

「イヤ。だったらカイトの方が百倍良い」

「!?」

　追及から逃れられてホッとして視線を足元に下げていた千冬が、急に顔を上げて千秋を見る。

「どうしたのよ？　冬？」

「いや……なんでもないッス……」

もしかして……お兄さんが……千冬の想《おも》い人《びと》なの!?

◆

夕食はどうしようか。コロッケ、トンカツ、とかはちょっと時間がかかるからな。昨日は野菜炒《いた》め、一昨日《おととい》はつくね、ならば今日は……どうしよう。二学期学校頑張ったな記念で豪華な料理でも、でももうすぐクリスマスがあるしあんまりカロリーが高い物が高頻度に夕食と言うのは良くないのでは？

まぁ、アイスくらいなら買って行っても良いかな。餅のアイスを五つ買おう。コタツに入りながら食べるのが美味《おい》しいからな。

雪が降り続ける中で車を走らせる。道路がコンクリート色から雪の白に染まっている。スリップしたら嫌だな、ブレーキ効かなかったらどうしよう。子供の頃は雪が好きだったけど今では嫌いとは言わないが苦手意識が付いてしまった。

いつもよりスピードを少し落とすか。

アクセルを緩めて、帰路のカーブの要所要所でブレーキをいつもより多めに踏む。

その為に少し、いつもより十分ほど遅れて家についてしまった。

「お帰り！　カイト！」

「ただいま……今すぐご飯作るからな」

千秋が出迎えてくれる。いや、なんて可愛い。仕事で溜《た》まっていた疲れが回復してしまう。聖女や僧侶と言っても過言ではない。

家の中に入るとすぐに階段が目に入るのだが上から千冬と千夏がひょっこり顔を出している。

「お、おかえりなさい、魁人《かいと》さん、お帰りっス……」

千冬は最近懐いてくれるからな。お皿を運んでくれたりもしてくれる。千夏とは凄《すご》い話せるわけじゃないが以前より話せている気がする。

つまり、ここまで順調に娘たちと仲良くなれている。何をするにも信頼は大事だ。パパになる為にも大事だ。

いつか、皆で笑いあえる日常を……そう舞い上がっていた瞬間、俺を絶対零度の視線が襲った。

な、なんだ!?　この視線は!?

肌を刺すような強烈な視線。視線の方向に目線を向けるとリビングのドアからひょっこり顔を出している千春《ちはる》の姿が。

ピンクの髪が可愛い、碧眼《へきがん》も可愛い。だが、可愛いはずの眼《め》が凄い怪しむような視線を向けている。

姉妹を取られてしまうのではないかと思っているんだな？　大丈夫だ、そんなつもりはない。

妹を取ろうとかは一切考えていない。千春の眼はまるで恋愛関係になるのではないかとの疑いが見える。当たり前だが千春が考えているようなことはない。そこはしっかり分かってもらおう。

夕食を作って、丁度良く時間が空いたらそのことを話そう。今日は麻婆茄子《マーボーなす》にしよう。

例の如く、手早く作り上げて四人は自室で食べる。

そして、俺はリビングでテレビを見ながら一人で食べる。やっぱり皆で食べるのは難しい気がするな。四人なら十分かみ合って楽しいんだろうが、俺が入れば上手《うま》く接することのできる千秋とかは大丈夫そうだが、千夏はそうじゃない。そうなると場を崩すことになる。

違和感のある食事は楽しくない。五人で食べるのはもうちょっと先になるかな。あ、千夏と言えば今日一分間何を話そう。

笑わせたくて昨日は饅頭《まんじゅう》怖いを話してみたけど、反応イマイチだったし。

『次はお茶が怖いって言うんだ』

『へぇ……そうですか』

一昨日は一休さんの話をしたが特に反応なし。

『橋の端を渡るんだ』

『そうですか』

あんまりそう言うのは子供は好きじゃないよなって感じて、趣向を変えて、昔学校であった思い出のことを話しても全然興味なさそうだし。

「大きな岩をどけたら下に沢山の虫が居てビックリしたなって」

「あ、そうですか」

俺の話が下手糞《へたくそ》すぎるのか、反応が一辺倒で変化がない。そんなことを考えていたらご飯を食べ終えてしまったので、食器を片付ける。そこで丁度、千秋と千冬が二階から食べ終わった食器等を俺の下に持ってくる。

「魁人さん、ご馳走様《ちそうさま》っス」

「カイト、ご馳走様」

ふむ、この組み合わせは珍しい。いつもなら千春が誰かと一緒に……いや、後ろに隠れているな。

隠れているつもりなのか、ドアの方で頭を出してる。

「カイト、カイト！　聞いてくれ、今日学校でな！　レティシアが……」

食器を受け取ると千秋が学校のことを話してくれる。あれ？　自然と千秋から学校の話をするのが当たり前になっているんじゃないか？　これは俺を信用してくれていると言うことだろう。

くっ、嬉《うれ》しいじゃないか。パパレベルがワンランク上がった気がするのは気のせいか？

いや、間違いではないだろう。

「それで千夏《ちなつ》が……」

ふむ、話を聞くとレティシアちゃんと言う奴が家の娘に暴言を吐いたり、ちょっかいをかけてくると。それが好きの証拠ではないかと言うことか。

先《ま》ずそのレティシアちゃんが千秋を馬鹿呼ばわりしたことに憤りを感じる。だが、確かにそれが思春期特有の行動とも思える。この間スーパーであったが確かに妙に必要以上に絡んでいるような気もしたし。

「成程、確かに千秋のことが好きなのかもしれないと言う可能性があるな」

「な、なんと!?」

「い、いや確定じゃないぞ？　もしかしてと言う話だ」

「そうだとして、何故意地悪をするのだ？　その心理が分からない」

「うーん……話すきっかけが分からないから何とかして無理やり作っているのか、それか気を引きたいんじゃないかな？　男子の話になるが中学校でも女子の気を引きたくてワザとオーバーリアクションをとったり、話し声を大きくしたりする奴らは多いし」

「へぇ……そうなのか……」

「まぁ、あくまで可能性の話だ。色んな人が居るからな。これだけで決めつけるのは早計と言わざるを得ない。取りあえずそのレティシアちゃんがどうしても嫌なら俺が学校の先生にチクると言う手もある」

「嫌には嫌だが、特にどうでも良いと言う意識もある。よく分からないから放置することにするぞ。明日から冬休みだし会わないし」

「そうか。千秋《ちあき》がそう言うならそれでいいが何かあれば直《す》ぐに俺がチクるからな」

「おお、心強いな！」


子供のころは先生に何かを言うのが少し恥ずかしくもあったり、同時にあとでチクリ屋などの汚名を着せられることもあったが大人になって考えればそれが一番効果的でもあったんだろうなと思う。

だが、効果的である反面、デメリットとして、そう言うことをすると若干クラスで浮いてしまうものでもある。千秋がまだ平気と言うのであればそれは使わない方が良いんだろうな。

さて、折角だ。千冬も居るんだし何か学校での出来事を聞いても良いかもしれない。

「千冬はどうだった？　二学期？」

「んー、そうっスね……千冬は特にこれと言ったことはなく……っスね」

「そうなのか」

「で、でもドッジボールで一回だけ男子が投げたボールをキャッチできたっス！」

「YRYN だな」

「えっと、どういう意味っスか？」

「YRYN《やるやん》。凄いって意味だ。俺が作った」

「おおー、カッコいいな！　我も今度それ使う！」

「そういう造語が……どもっス……」

　ギャグのセンスも今日は冴《さ》えている。二人とのコミュニケーションが未だかつてない程に取れている。いずれパパになれるかもしれない。まぁ、そんな訳ないんだが。最近思うのはやはり、仏頂面で行くよりも笑顔で時折ギャグとか言った方が良いだろうなと言う点だ。だからと言ってやり過ぎると滑る。適度にバランスを取りながら言うのが重要だ。それが功を奏したのか二人が今こうやって……千秋と千冬。両方から懐かれてはいる。だが何というか懐かれ具合が妙に違うような気もする。子育てって難しいな……。

　千秋と千冬は少し話すと二階に戻って行った。すると入れ替わるように千春が入ってくる。一緒だった妹が取られてしまうと思うと寂しさや色んな感情が出てしまうものだ。それは良い傾向。欲を出せる環境であると言う証明だから。この子は基本的に妹の為《ため》なら自分の感情を殺す。だから、俺はもっと我儘《わがまま》になって欲しい。

「千春、安心してくれ。姉妹をとったりしない。俺はパパを目指しているからな」

「……いえ、そういうわけじゃ」

「そうか。まぁ、ならいいんだが……何か不満があるなら言っていいんだぞ」

「……その……お兄さんに言う通り取られちゃうのが少し寂しかったのかもしれないです……」

「そうか。だよな。だが安心しろ。俺は絶対に取らない。そう言う目的もないしな」

「……ありがとうございます」

「どういたしまして」

丁度いい、千春にも学校のことを聞いてみよう。悩みがあるかもしれない。

「話は変わるが学校で悩みとかないか？」

「千秋が可愛《かわい》すぎるとかですかね」

「そうか……他には？」

「千冬《ちふゆ》と千夏が可愛すぎて男子たちにちょっかいを掛けられないか不安です」

「うーん、まぁ、そうだな。千春がちょっかいを掛けられないのか？」

「うちはそう言うのとは無縁です」

「そんなことはないと思うぞ。千春も含めて四人は何処《どこ》に出しても恥ずかしくない可愛さだからな」

「……ありがとうございます」

あ、もしかして変な意味に捉えられたりしてないか。……心配し過ぎだな。逆にそんな風に考えてしまう俺が気持ち悪いと思えなくもない。昔からのヘタレ思考の癖が未《いま》だに抜けていない。

もっと大人として、保護者としてちゃんとしないと。

「それじゃあ、うちはこの辺で失礼します。ありがとうございました」

「おう、こちらも話してくれてありがとうな」

「……はい」

千春はそう言って部屋を出て行く、だが去り際に再び口を開いた。

「お風呂なんですけど、その、迷惑かと思ったんですけど洗わせていただきました……」

「ッ!? マジか!? ありがとう！」

「そう言ってもらえると嬉しいです。お兄さんにはお世話になっているのでこれくらいは」

「ありがとう、千春。助かった」

「……どうも」

そう言って今度こそ彼女はリビングを去って行った。うん、普通に嬉しい。俺はそのままお風呂を沸かしに行った。寒い冬の日のお風呂掃除は僅かに憂鬱だ。だが、今日はそんなことはなくスイッチを入れるだけ。非常に温かく爽快な気分である。こういう一つの手伝いが地味に手間が省けて嬉しい。何だか嬉しくて頬が上がる。

お風呂をいつもよりスムーズに沸かすことが出来た。いや、普通に嬉しいな。感慨深い……。娘が良い子過ぎる……さて、あんまり幸せに浸り続けるのも良くないだろう。常に先を見続けていかないと。

現在十二月二十二日だ。そして明日から四姉妹は冬休み。俺は仕事があるから昼間は接する機会がない。そして、もうすぐ十二月二十四日、クリスマスイブがやってくる。クリスマスイブと言えば沢山の美味《おい》しい料理を食べると言うことがイベントの一つにあると言っても良いだろう。

　そして子供は喜んで普段食べられない料理を食べる。普段なら止められるジュースを何杯も飲むと言う行為も許される。まさに子供からしたら最高の一日。だが、本命はそこではない。いかに美味しい料理や素晴らしい飾りつけも本命になりえない。

　クリスマスプレゼント。それまでの全てが前置きと言えるほどの子供からしたら素晴らしい物。欲しいものが貰《もら》える。たとえそれが普段なら買って貰えないゲームソフト、変身ベルト、戦隊の巨大ロボ。どんなものでもギリ買ってくれる。

　俺も子供のころは親に買って貰って嬉しかったのを覚えている。その嬉しさを知っているからこそ四人に何かクリスマスプレゼントを買ってあげたい。

　買ってあげたいんだけど……。

　絶対、遠慮するよな……。

　今までは我儘を言えるような環境ではなかった。最低限以上の物は買って貰えなかった。プレゼント、なんて買ってもらえるはずはない。サンタクロースが居ないなどいつ分かったことだろうか。

　遠慮は美徳と言うこともある。確かに遠慮する子を俺は良い子だと思う。だが、遠慮はし過ぎるのも良くない気がするんだよなぁ……。

「カイトー！　お風呂入っていいかー！」

「いいぞ」

「おー、ありがとー！」

千秋がリビングに入ってくる。そのままお風呂直行コースらしい。

俺が入って良いと言うと千秋がにこにこ笑顔でお礼を言った。感謝を表せる、お礼を何の恥じらいもなく真っすぐ言えるのって才能だよな。マジで凄《すご》いと思う。最近の若者はこういう誠実さが足りない。

「なぁ、千秋」

「ん？」

「クリスマスプレゼント何か欲しいものあるか？」

「え？　良いのか!?」

「勿論《もちろん》だ」

「……でも、ご飯だけで十分だな。我はこの家に来て我儘沢山言ってるし……クリスマスにケーキ食べられるだけで幸せだからプレゼントはいらない！」

再び笑顔で答える千秋。本心で言っているのは分かった。何だろうな、この感じ。遠慮するのが普通って感じ。プレゼントはないのが普通ということ。ご飯だけ貰えれば幸せ。うん、確かに良い子だ。そこを否定するつもりはない。小さな幸せを感じ取れる、欲を出さない、正に良い子。

でも……それって子供らしくないな。俺は子供の頃のことを全ては覚えていない。でも、クリスマスとかってはしゃいだり、プレゼントを買って買ってとねだっていた気がする。

偶《たま》に仕事場でもクリスマスについてどうするかと子持ちの人の話を盗み聞きすることはあるがやっぱりプレゼントを貰えると子供は喜ぶらしい。

「うん、千秋は遠慮が出来るいい子だな」

「えへへ、そうだろうとも」

「そうなんだが、遠慮ってやり過ぎると逆に相手をイヤな気持ちにさせることもあるんだ」

「ええ!?」

「あ、怒ってるわけじゃない。ただ、その、なんだ、クリスマスなんだからもっと我儘を言っていいんだ。一年でたった一日しかない日だから。毎日好きな物を買ってあげるなんて言ってるわけじゃないんだ。だから、その日に渡すプレゼントを遠慮はしなくていい」

「そ、そうなのか？」

「う、うん。俺はそうだと思うぞ……」

ヤバい、これが正解なのか不正解なのか分からない。遠慮って確かに美徳に思えるし。それに、この、ちょっと教育論のようなことを言うのが恥ずかしいし。やべぇ、これ、言ってよかったのかな……。

自分の言ったことに責任を持てないのも問題だな。

「うーむ、我は……服が欲しい……かな……？」

「じゃあ、買いに行こう」

「良いのか？　本当に数字が四桁以上の物は買うのって大変じゃ……」

「遠慮するな。そういう感じを出すより、買って欲しいと強請《ねだ》る方が絶対いいぞ」

「そうか……？　じゃあ……カイトっ、服、買ってほしいな？」

「勿論だ」

果たして、俺が言ったことが正解なのか、不正解なのか。良く分からない。でも、クリスマスの日に貰えるプレゼントを普段お世話になっているからと拒むより、買って欲しいと素直に強請る方が可愛いと言うことだけは分かった。

「服が欲しいのか……」

でも、そう言うのって日用品だからな。もっとこう、ゲームとか……あ、普段買えない服ってことか。

「うん。ジュニアブランドの奴《やつ》」

「へぇ、そう言うのがあるのか」

「千夏《ちなつ》もそれが欲しいって言ってた」

「丁度いいな、二人分買おう」

「た、高いぞ？」

「クリスマスだから」

「そうなのか……クリスマスって凄いんだな……」

「千春《ちはる》と千冬は何か欲しい物あるって言ってなかったか？」

「うーむ……分からない」

「そっか……」

千夏は千秋《ちあき》から具体的に欲しい物を聞いたとして、千春と千冬はどうするか。あの二人は千秋よりもっと遠慮するような気がする。

「千秋、千春と千冬に欲しい物それとなく聞いてみてくれ」

「う、うん、分かった」

「よし、頼む」

千秋に依頼を頼むと彼女は直《す》ぐにリビングを出て行った。早速、スマホで、トレンドカジュアルブランド系の服を検索する。

……あら、結構いいお値段。上下に帽子とかイヤリングとか諸々《もろもろ》で一万くらい。まぁ、クリスマスだから。特に問題はない。

やっぱり女の子だな、こういうのが欲しいのか。不思議のダンジョンのゲームソフトとかじゃないのか。まぁ、そりゃそうだよな。

千秋も小学四年生の女の子。オシャレや化粧に興味を持つのも必然と言えば必然なのだ。

「カイト」

「聞いて来てくれたのか？」

「うん、二人共、服が欲しいって言ってた」

「やっぱりそうなのか……オシャレが気になるお年頃なんだな」

「本当に良いのか？　高いぞ……」

「クリスマスだから」

「クリスマスすげぇ」

「取りあえず、四人でお風呂入って来い。話はそれからだ」

「分かった！」

てててて、っと再び二階に上がって行く千秋。全員服か。ネットとかで注文して……あぁー！　女の子でこの年代だと服は自分で選びたいのかな。千秋を通じて聞くより、やっぱり本人たちと話したほうがいいのかもしれない。

危ない、直前で気付いて良かった。

何という空回りとも言えなくもない。

いや、こうやって色々試すことは無駄ではない。千秋と少し仲良くなれた気がするしな。

まぁ、こういうこともある。変にサプライズとか俺の性に合わない感じもするし。本人たちにしっかりと選んでもらった方が確実だな。

だが、千夏が俺にまだ慣れていない。さて、どうしたものか。

◆

お風呂入っていいのかお兄さんに聞きに行くと千秋が下の階に降りて戻ってきた。

「千春と千冬《ちふゆ》は欲しいものあるか？」

急に千秋に聞かれた。

「お姉ちゃんは千秋の笑顔が欲しいな」

「そう言うのじゃなくてお金かかる奴」

「千冬は……服っスかね？」

「ちょっと、何で私には聞かないのよ」

「千夏はブランドの奴って知ってるから」

「そ、そう」

どうしてそんなことを急に聞くんだろう。でも、聞かれたことだし。お金が掛かって欲しい物と言ったらやっぱり服かな……。四人で一緒に新しい服を着てお出かけしたい。

「うちも服かな……」

「分かった」

とてとてっと下の階に千秋が降りていく、あれ？　お風呂はどうなったんだろう。やっぱりここはお姉ちゃんも行った方が良いのだろうか。

考えていると再び千秋が戻ってきた。

「よし、お風呂入ろう」

そう言われたので着替えなどを準備して下に降りる。リビングのお兄さんに挨拶をしてお風呂に入る。背中を洗ってあげたり、頭を洗ってあげたりして至福の時間を過ごした。

お風呂から上がると、お兄さんがソファに座って待って居た。ソファの前に机がありその上にパソコンが置いてある。

「よし、全員上がったな。えっとだな、そろそろクリスマスだし、まぁ、プレゼントみたいなのをどうかって思ってるんだ」

「「え？」」

少し、よそよそしく恥ずかしそうにお兄さんがそう言った。うちと千冬と千夏がその言葉に反応する。ご飯だけでなくプレゼントまで貰ってしまっても良いのだろうか。今までそんな最低限以上は買って貰ったことも与えてもらったこともない。

「まぁ、遠慮しようって気持ちがあるんだろうけどさ。クリスマスってあの、特別だし。寧《むし》ろ、こういう時しか凄い我儘《わがまま》は言えないんだ。だから、その、まぁ、欲しいの選んでおいてくれ。パソコン使って俺が風呂入っているとき選んでおいてくれ」

「やった！　ねーねーも千夏も千冬も聞いたか！　プレゼント買って良いって！　高い流《は》行《や》りの服買って良いって！」

「いやでも……それって……いいの？　服だって貰いものとか沢山あるし……」

千夏が難色を示す。本当に良いのか。遠慮した方が良いんじゃないかと感じている。それはうちも千冬も。

「そうっスよ……クリスマスだからって……プレゼントってないのが今までだし、なくても」

「……うん。そうかもしれないね……」

「な！　遠慮するな！　折角カイトが買ってくれるって言ってくれてるんだぞ！」

「私、別に、服とか欲しくないし……今で十分って言うか」

お兄さんが折角好意をくれたのだがそれを素直に受け取ることが出来ない。遠慮をしてしまう。それが普通でそれをしないと今まで怖い目に遭って来たから。自然と遠慮する方になってしまう。

お兄さんに悪意がないのは分かっている。でも……お金が高い物にはどうしても手が出ない。小さな幸せだけで良いと割り切ってしまう。それで十分だと心に無理やり蓋をしてしまう。

「そうか……なるほど。四人の気持ちは分かった」

お兄さんが唐突に会話を止めた。うちと千冬と千秋、千夏はうちの後ろに若干隠れているがお兄さんに全員が視線を向ける。

もしかして、機嫌損ねてしまった……？

「よし……この家の家主として四人に初めてお願いをする。一つ、欲しい服上下、装飾品などを一式パソコンで選ぶこと。二つ、選んだ物の合計が一万円以上であること、三つ、クリスマスなのに遠慮しないこと。四つ、俺が風呂に入って上がってくる間に服を選んでおくこと。もし、これが出来なかった場合は明日から料理のおかず抜きだ」

「えええ!?」

千秋が驚きと悲壮の声を上げる。

「良いか？　絶対選んでおけよ。家主のお願い断るとか、マジで失礼だからな。俺そういうことされたらマジ不機嫌だから。じゃ、風呂入ってくるわ」

そう言ってお兄さんはリビングを出て行った。

これは……。

「うん、家主のお願いとあれば仕方ないな？　な？　な？」

「……そうかもしれないっスね」

千秋が笑顔で全員に催促をする。家主のお願いであるならと言う理由があることで、こちらが遠慮しなければならない。遠慮をして欲しい服を選ばないといけないと言う場が形成された。

「よーし！　服を選ぶぞ！」

「……」

「千夏、遠慮しすぎはダメだ！　相手をイヤな気持ちにさせるからな！　服を選ばないといけないんだぞ！」

「……そうね」

「千春も！」

「そうだね」

ありがとう、お兄さん。

うちたちはソファに座ってパソコンに向かい合う。

「我が使い方知っているぞ！」

「凄《すご》いッスね、秋姉」

「コンピューター室でいつも無双してるからな！」

千秋がカタカタと文字を打って服のページに飛ぶ。そこには色んな服があった。アップワイドパンツ、イヤリング、オシャレなくたびれていない新品で綺麗《きれい》なパーカー。

こういうの一度着てみたかったんだ……。

「ちょ、ちょっと待ちなさいよ！　画面戻して！　良いの有った！」

「千冬はそのダメージの奴が……」

「我が見てる！　我が先！」

「待って！　その服、気になる！　戻して！　戻しなさいよ！」

こんな日が来るなんて思わなかった、ありがとう……お兄さん。

妹たちに見えないように少しだけ目を撫《な》でた。一粒の雫《しずく》で、僅かに手が濡《ぬ》れた。

◆

「失敗した……」

湯船に浸《つ》かりながら俺は思わず口に出してしまった。

あのやり方はダメだった。権力を振りかざして無理に命令するようなやり方。それで服を無理やりに選ばせる。そして、四人を前にした時なんだか緊張をしてしまった。プレゼントを四人にしたいって言うのって少し恥ずかしいからだ。子供か俺は。

最初は言葉で説得して、俺が居ると選びづらいだろうからお風呂に入っている間に選んでもらおうと言うクリーンな方法を思い描いてた。

だが、それが無理なのではないかと感じて咄嗟《とっさ》に強引なやり方をしてしまった。

これはダメだ。これが悪影響とかになったらどうしよう。ついつい、思わずあんな風に言ってしまった。あれはダメだ。大人はああいうやり方をすると言う背中を見せてしまった。

そもそもパソコンより、実際に見て選びたいかもしれない。今日は空回りして、失敗もした。

そう言うことって終わった後に気づくんだよな。

はぁ、ああー、今頃服選んでくれてるだろうか。女の子って服選ぶの時間かかるって言うし、スマホ持ってきたからお風呂の中で時間を確認しつつ待つ。

一、二時間位で良いのかな？　いや、念を入れて三時間くらい考えた方が良い。

ああー、この時間憂鬱だ。

ここからは失敗はしないぞ。料理も凄いの作ってやる。後はしっかりと良い背中を見せないと……。

二、三時間を待つ間、俺はスマホでクリスマスの料理について検索を始めた。俺のふろ場での時間つぶしが開始された。

フライドチキンは美味《おい》しいけど手が汚れるのはな、汚れないチキンを作りたい。豚の角煮も美味しいし、でもクリスマスだからビーフシチューとかも良いな。考えながら湯に入ったり上がったりを繰り返す。

ずっとお湯に入っているのはのぼせてしまうとは言え、この繰り返しはダサいな。まぁ、そんなことはどうでもいい。

今の俺は娘に美味《うま》い物を食べさせてあげてぇなと言う気持ちしかない。

まさか、俺がここまであの四人に入れ込むことになるとはな。最初はただ親族たちに任せておけないから育てようって漠然と考えて引き取ったのに。

そう言えばこの世界が百合《ゆり》ゲーなのすっかり忘れてた……いや、百合ゲーに近い世界と言った方が良いか。百合ゲーか……。

昔、初めて『響け恋心』をプレイしたときは感動したな……。

――あの時、全部どうでもよかった。無気力で無感情な倦怠感《けんたいかん》を抱いていた。見かねた親友が何となくで勧めてきたゲーム。話を聞くと親友も制作に一枚かんでいるらしいから、試しにやってみろと言われた。

どうでも良かったけど、暇つぶしや娯楽になればいいと試しにプレイした。ボイスとかキャラデザとかストーリーとか、凄く感動した。でも、一番心に響いたのは進み続けた先に幸せがあるのだと言う事実。

過去に何があっても前を向いて歩き続ければいずれ報われる。幸せになった姉妹に感情移入をどうしようもなくしてしまった……ネットに感想書いたらたかがゲームにそこまでハマるとかどうかしてるとか、言われたな。いや、個人の感想だろ。前世の十六歳で高校一年の時俺はそう思ったのだ。あれ？　そう言えば俺って今精神年齢って幾つだ？

死んだのが十七歳だから……それで今は二十一歳だし。普通の人よりは大人か？　十七＋二十一と言う計算をするのか？

いやでも、昔のこと思い出したのつい最近でそれまで普通の人生を歩んで生きてきたしな……まぁ、パパになるのにそんなこと関係ないから、どうでも良いか……。

「お兄さん」

「うぉ！」

過去に浸っていたらいつの間にかかなりの時間が経過していのかもしれない。千春《ちはる》の声が風呂場の外から聞こえてくる。スマホの時間を見ると大体一時間経《た》っていた。あれ？　思ったより時間がかかっていないな。

「選べたのか？」

「はい、選べました」

「思ったより早かったな。ちゃんと選んだのか?」

「はい。元々学校にある図書室のファッション誌をうちたち読んでましたので欲しいの大体、決まってました」

「なるほどな。そう言うことか」

やっぱり欲しかったんじゃないか。ああ、クソ、方法さえ間違えなければパパとして合格点だったのに。

風呂のガラス越しに千春のシルエットが見える。よく見ると千春だけでなく、千夏《ちなつ》と千秋《ちあき》と千冬《ちふゆ》のシルエットも僅かに見える。今一体どんな顔をしているのだろうか。

「お兄さん、ありがとうございます」

「クリスマスだからな……」

「カイト! ありがとう!」

「まぁ、クリスマスだからな……」

「魁人《かいと》さん、ありがとうございまス……」

「く、クリスマスだから……」

「……ありがとうございます」

「う、うん。まぁ、クリスマスだしね」

お礼をそんなに言われると少々恥ずかしい。そう言うお礼ラッシュにまだ慣れていないんだよ……。

「クリスマス、凄く楽しみにしていますね……」

「楽しみにしててくれ」

「はい。そうしますね」

彼女たちはお礼を告げると去って行った。去り際に浮足立つような声が聞こえた。単純に嬉《うれ》しいな。つまり、クリスマスプレゼントをあげると言うこと自体は正解だったと言うことだ。

だが……やはり方法を間違えてしまったことは否めない。結果より過程が大事と言う言葉があるが俺は両方大事だと思う。今回は結果が良かったが過程がダメだ。

次回から気を付けよう……しっかりと良い大人の背中を見せないといけない。風呂からあがった俺の手は年よりのようにふやけていた。

◆

お兄さんからクリスマスプレゼントの提案があった次の日、いつもより僅かに起きる時間が遅かった。お兄さんは仕事に行っているからいない。学校もないし好きなだけ寝かせておきたいけど、あまり不規則な生活になってしまうのはいけないと思って妹たちを起こす。

「はい、起きる時間だよー」

布団をとったり色々して何とか三人を起こす。寒いので手早く千秋を着替えさせる。歯磨き、顔洗い、お兄さんの作り置きの朝食を食べてもう一度歯磨き。

うちたち姉妹は、朝起きたら歯磨き、朝ごはん食べても歯磨き、つまりは二度歯磨きをすると言う謎のルーティーンがある。

一通り朝の行動を終えると冬休みの宿題をする。答えを見ないで自分の力で問題を解くように言うと千夏と千秋はブーイングをするがやると言ったらやるのだ。

「めんどくさい……」

「答え見たいのよ……」

「お姉ちゃんに任せて！」

いつもの部屋で下に座布団を敷いて机の上に問題集を広げる。千冬はさらさらと脳に鉛筆が追いついていないのではないかと言うスピードで問題を解いて行く。

「ほら、夏姉と秋姉も宿題をやるっスよ」

「「ぶーぶー」」

「ブーイングしてないでやるっス」

「「ブーブー」」

「はぁ……これが姉が妹にすることなんスかね……？」

千冬は再びさらさらと問題を解いて行く。千冬の頑張る姿に感化されたのか二人もとうとう問題集を開く。

二人共、鉛筆を持ちさらさらと問題を……。

「二人共、机の下にある答えだして。お姉ちゃん没収するから」

「ッ……」」

「ほら、渡して」

「か、隠してない……」」

「渡して」

「はい……」」

「あのね、前に千冬が言ってたけど答えを見たら意味がないんだよ？　この問題集だってただじゃないんだから……千二百円!?　高い……」

思わず値段に反応してしまった。いけない、お金にがめついなんて姉としての威厳が損なわれてしまう。しっかりと姉としてお手本となる背中を見せないといけない。

「コホン……うん、だからね？　頑張ろう？　お姉ちゃんが手取り足取り教えるから」

「はーい……」」

うん、流石《さすが》うちの妹、何だかんだで真面目に取り組む二人。分からない場合はすかさずうちが助っ人《すけと》に入る。

最高のルーティーンが完成する。

その最高のルーティーンを二時間ほど繰り返し、休憩に入る。千冬と千夏は学校の図書室から借りてきた料理の本を読んでいる。

千秋ははがきくらいのサイズの画用紙に色鉛筆で何やら絵をかいている。

「千秋何描いてるの？」

「えっとね、色々」

「その画用紙はどうしたの？」

「カイトに頼んだらくれた」

「そうなんだ……」

クリスマスツリーとか、サンタクロース、プレゼントボックスを鮮やかに赤や緑、黄色を使って再現して、メリークリスマスと言う文字をオシャレに描く。

「それは……どうしてそう言うの描いてるの？」

「ん？　カイトにクリスマスカードあげたくて！」

「ああ、そういうね……あぁー、そういうパターンね……はいはい……」

……ズるいよ、お兄さん。勿論《もちろん》普段の感謝の気持ちとか勿論あるけど。うぅぅ、いいなぁ……でも、お世話になってるから恨めないよ……。

「勿論、千春と千夏と千冬にも作るぞ！」

「ッ……ありがとう！」

何なの、この妹は可愛《かわい》いよ。

——この可愛さ、違法です！

それにちゃんと普段の感謝を表そうともしてる。偉いよ。そうだよね、言葉だけじゃなくて小さいけど千秋みたいに想《おも》いを形にするのも大事だよね……。

「うちもお兄さんに描いても良いかな？」

「うん！　一緒に描こう！　画用紙沢山貰《もら》った！」

はがきサイズの画用紙を沢山机の下から取り出す千秋。何枚も重なった束から一枚をうちに渡す。

千秋よりは絵は上手《うま》くないけど、姉として出来るだけ負けないようにしないと。

姉は常に一番でないといけない……。

「アンタたち、何描いてるの？」

「お兄さんと千夏と千秋と千冬にクリスマスカード描いてるの」

「へぇ……」

「それなら千冬も描くっス。絵全然上手じゃないんスけど……」

本を読んでいた千夏と千冬がこちらに興味を示した。そして、千冬は自分もと千秋から画用紙を貰う。

千夏は僅かにどうしようか迷っているようだ。

「……まぁ、プレゼントも貰うしね……私にも頂戴」

「うん！」

渋々と言う感じで千夏も画用紙を貰う。色鉛筆で画用紙に描きだす。描きながら頬杖《ほおづえ》をついて愚痴のようにポツリと言葉を溢《こぼ》す。

「こんなの喜ぶわけないと思うけどね……」

「千夏、大事なのは気持ちだ！　気持ちを形にして伝えるんだ！　その形はどんなものでも良いんだ！」

「急に熱いのよ……アンタ……」

千秋の猛烈な熱さにしかめっ面になる千夏だが頬杖を止《や》めて真面目に絵を描き始めた。

そして、描き始めて数時間が経過した。描いている間誰も一言も話さずに寡黙になった。

◆

そうして十二月二十四日になる。この日は休日である。だが、それなりに忙しい。

夜に食べる料理を作る為《ため》に朝から起きて台所で腕を動かす。ケーキの生地を焼いて、ビーフシチューを圧力鍋で作って、千秋がから揚げが食べたいと言っていたのでもも肉を取りあえずタレに漬け込んで、ビーフシチューで圧力鍋を使っているから炊飯器で豚の角煮を作って……。

ごちゃごちゃしている台所を掃除して、そうしたら生クリーム泡立てて……。

「千秋、味見するか？」

「うん！」

こそこそ涎《よだれ》を垂らしながら見ている千秋にスプーンでクリームをすくって渡す。それを千秋は頬張る。すると幸福感に溢《あふ》れた笑顔満開になる。

「おいしいー！」

うん、可愛いな。その後も千秋は俺の料理姿をジッと見ていた。スタイリッシュな料理シェフになったつもりで調理を続ける。やはり、娘の前ではカッコいい姿を見せたい。

「カイトそれは何をしているんだ？」

「片栗粉《かたくりこ》で鶏肉《とりにく》をお化粧しているんだ」

「おおー！　化粧か！」

スタイリッシュに受け答えをして鶏肉を油に入れていく。鶏肉が油で揚がる音が台所に鳴り響いている。

鶏肉は生のままだとカンピロバクター菌で食中毒を引き起こしてしまう可能性がある。娘に食べさせる以上それは絶対に避けなければならない。だからと言って油で火を通しすぎると固い鶏肉を食べさせることになってしまう。

この匙加減《さじかげん》が非常に難しい。

暫《しばら》く揚げてから、一番大きいから揚げを最初に取り出す、それを包丁で切って断面を見る。綺麗《きれい》な白だ、赤みがない。

「……味見するか？」

一番大きいから揚げが大丈夫なら他も大丈夫だな。

「うん！」

一つ、爪楊枝《つまようじ》に刺して千秋《ちあき》に渡す。

「うまぁい！」

あ、千春《ちはる》と千夏《ちなつ》と千冬《ちふゆ》にも味見してもらうかな。今は二階に居るから千秋に持って行って貰って……小皿に三つよそってそれぞれに爪楊枝を刺す。

「これ、千春たちに持って行ってくれないか？　味見してほしいんだ」

「……分かった！」

小皿を持って千秋は部屋を出て行く。だが、階段を上がって二階に行く足音が聞こえてこない。

数秒後に千秋が小皿を持って戻ってきた。数秒前にあったから揚げが全て綺麗に消えている。

「千春たちに味見させてきた！」

「ありがとう……何て言ってた？」

「あー、美味《おい》しいって？　言ってた？」

絶対廊下で全部一人で食べてたにちがいない。まぁ、三人には後で食べてもらえればいいな。

その後も千秋に味見係をしてもらいながら調理を続けて、日が落ちる前には全ての料理が完成した。

◆

「千春、ご飯できたって！　今日の凄《すご》いぞ！　全部美味しい！」

「そうなんだ、ありがとう千秋」

「うん！」

うちたちはクリスマスカードの続きを描いたり、宿題をしていた。ずっと下に居て一度も二階には上がってこなかった千秋。お兄さんの料理姿をずっと見ていたんだろう。

「うちたちもクリスマスカード描けたよ」

「じゃあ、カイトにカードを渡そう！」

「そうだね」

「千冬はあんまり上手く絵が描けなかったっス……」

「気にするな！　気持ちだ！」

千冬、千夏ははあまり絵が得意ではない。絵心がないわけではないと思うが千秋と比べるとかなり見劣りしてしまうかもしれない。

はがきサイズの完成されたクリスマスカードを持って下の階に降りる。リビングに入るといい匂いが鼻をくすぐる。自然と姉妹全員がごくりと生唾を飲んだ。お兄さんは台所でご飯の盛り付けをしていた。

「クリスマススペシャル出来たぞ。今日はご飯が多いから上に持っていくの手伝うからな」

あ、そうだよね。いつもうちたちは四人で食べてるから……お兄さんの気遣いにうちたちは少し複雑な心境になる。

「今日はカイトも一緒に食べないか？」

「え？　あー、いや、四人で食べるといい」

千秋が五人で食べようと誘うがお兄さんはそれを断る。まだ、千夏が慣れていない。僅かな違和感があるとお兄さんは分かっている。だからこそ身を引いたのだと思う。

「うぅ、でもな……千夏、今日はみんなで食べても良いだろ？」

「……そうね……」

「えっと、気を遣わなくていいんだぞ？」

「気は遣ってないです……私もそうしようと思ってましたから」

千夏はうちの後ろに隠れながらもそう言った。

「そうか……なら、そうしてもいいのか？」

「うん！　我もそうしたい！」

千秋の言葉に呼応するように千冬もうちもコクリと頷《うなず》いた。お兄さんは少し嬉《うれ》しそうにしながらダイニングテーブルに料理を並べ始める。

うちたちはそんなお兄さんの近くに寄って、隠していたクリスマスカードを差し出す。

「これは……俺にくれるのか？」

「うん、カイトの為に作った！」

「お兄さん、いつもありがとうございます……これくらいしかできませんけど」

「魁人《かいと》さんどうぞっス……」

「これ、どうぞ……」

四枚のカードをお兄さんは受け取ると噛《か》みしめるように喜びの声を上げた。

「これはあとでラミネート加工しないとな。流石《さすが》に……ありがとう。嬉しいよ。大事にする」

カードを大事そうにクリアファイルにしまってお兄さんはご飯をダイニングテーブルに運ぶ。それをうちたちも手伝って初めて全員でクリスマスイブの日に夕食を食べた。

少しだけ、ぎこちなさもあったけどそれも悪く思わなかった。皆でテレビに映るバラエティを見たり、既にカットしてあるケーキを食べていつもよりお腹《なか》が膨れた。

その後はお風呂に入って、二階の部屋に戻っていつものように布団に入る。すると千秋は笑みを溢した。

「えへへ、カイト喜んでくれた」

「良かったね」

「うん。我、カイトのこと大好きだから喜んでくれて本当に良かった！」

「ッ……！」

大好きという単語に千冬が反応したが千秋は気付かずにお兄さんのことを話し続けた。

「千冬だって……」

小声でぼそぼそと千冬が何かを言っているがそれはうちには聞こえなかった。

◆

素晴らしいクリスマスイブを過ごした次の日。珍しく千秋と千夏が早起きをした。先日頼んだ服や装飾品が今日届くからだ。黒のダウンコート、そして、うちはベージュのマリンキャップ。イヤリングはピンクのひし形の物だ。

オシャレなロゴの入ったTシャツもピンク。ダメージジーンズとダウンコートはピンクじゃないけどうちはピンク色好き。

うずうずと待って待って待ち尽くす。取りあえず宿題を机に広げてはいるが千冬ですら全く集中できていない。

「ああー！　はやく新品の服着てー！」

「五月蠅《うるさ》い！　集中できないでしょ！」

これでは宿題どころではない。本当にただ広げているだけになってしまっている。

「千夏一問も解けてないじゃん」

「アンタの声がうるさくて集中できないの！」

二人が言い争っているとピンポーンとインターホンが鳴る。来たと期待のこもった三人の視線が交差する。

千秋が真っ先に部屋を出て下に降りていく。

その後に千冬が向かい、それをうちが追いかけるように向かい、千夏はさらにうちの後をついてくる。

玄関でお兄さんが宅配の人から大きな段ボールの荷物を受け取っているのが見えた。お兄さんはそれをうちたちの近くに置く。

「開けて良いのか!?」

「勿論《もちろん》だとも」

千秋が大きな段ボールを開けるとその中にはこの間頼んだ衣類の詰め合わせ。

うわぁぁぁ、うち早く着たい……いけない！　威厳！　姉として常に落ち着いた姿勢で臨まないと。

「うわぁぁぁ、我の頼んだダウンコート！」

「千冬のダメージジっス……」

「私の黄色キャップ……」

三人が無我夢中で開封の儀を執り行って行く。お兄さんはそれを見て満足そうな表情。

「ありがとう、お兄さん」

「何度も言わなくていいよ」

そう言ってお兄さんはリビングに戻って行った。

「早速着て見よう！」

千秋の号令を皆聞いて、ワクワクしながら部屋に戻って全員で服を着る。帽子をかぶる。イヤリングを耳につける。

「おおお！　オシャレインテリ系美女って感じだな！」

「確かに私もオシャレインテリ系美女って感じね」

「インテリ……」

三人がオシャレに身を包んだ姿を見る。三人のセンス抜群。センスが光ってるね、眩《まぶ》しいよ。

だけど、全員色が違うだけで大体一緒な雰囲気は拭えない。ダウンコートは全員黒。ロゴシャツはうちがピンク、千夏が黄色、千秋が赤で千冬が青。イヤリングはひし形でシャツのように色が違う。

ジーンズはうちが黒で、千夏も黒、千秋が青で、千冬はダメージの青。マリンキャップもシャツに合わせてそれぞれ色が違う。

パソコンで選んだ時に分かってたけど、やっぱり姉妹って好みとか似るのかなぁ。

「カイトに見せに行こう！」

「そ、そうっスね……着る時に少し髪型ずれたかも……」

「まぁ、買ってもらったしね……」

千秋を先頭に再び下に降りていく。いつもより足取りが凄く軽い感じがする。身につけている物が違うだけでここまで変わるのだと思うことに僅かに驚きも感じた。

「カイトー！　どうだ！」

「似合ってるぞ」

お兄さんが親指でグッとマークを出す。お兄さんの褒め言葉は千秋だけでなく全員に万遍なく行き渡るような褒めだった。

「えへへ、そうだろう！」

「完璧だな」

「おおー！　ありがとう！」

「……あー、それでだな。その、初詣それでいかないか？」

「良いな！　そうしよう！　それでいいよな!?」

「そうっスね……確かにこの格好で初詣行って見たいッス」

「お兄さんのご迷惑でなければ」

「千春が行くなら……」

お兄さんの提案に千秋が強く肯定する。千冬とうちと千夏もそれに同調する。

「カイト、何処《どこ》に行くんだ。初詣」

「狭山《さやま》不動尊かなぁ」

「それって何処だ？」

「球場の近くだな。初詣は車止めるの大変だから、電車で行くことになるかもな」

「おおー、最高だな！　また楽しみが増えた！」

千秋《ちあき》の屈託のない笑顔にお兄さんはほっこり。うちもほっこりである。

そして、うちも初詣が少し楽しみである。

◆

「と言うことがあったんだ」

「つまりクリスマスプレゼントを喜んでくれたことが嬉しいってことを言いたいのか？」

「そうだな」

クリスマスと言う一大イベントを終え数日。仕事場にて書類を整理しながら隣の佐々木《ささき》に俺は最近の数日のことを自慢げに話した。

「それで、そのクリスマスカードを貰《もら》ったと？」

「ああ、その通りだ」

俺の手にはラミネート加工された四枚のカードがある。四人の娘から貰ったこれ等《ら》のカードは仕事場に持ってくることにしたのだ。

「見て良いか？」

「汚すなよ」

「いや、ラミネート加工されてるだろ」

佐々木に日頃の感謝の言葉と可愛《かわい》い絵が描かれている四枚のクリスマスカードを渡す。

「『我はカイトが大好きです。どれくらい好きかと言うとハンバーグとから揚げと同じくらい好きです。毎日ご飯を作ってくれてありがとうございます。カイトの料理は全部上手で味噌汁《みそしる》とか、ポテトサラダも好きです』この子、ご飯のことばっかりだな……」

「そこがいいんだよ、あとこの子も色々考えてるからご飯のことだけじゃない」

「へぇ……」

最初に千秋のカードの読んだ佐々木は二枚目のカードを見る。

「『千冬《ちふゆ》たちにいつも色々なことをして下さりありがとうございます。寒くなってきましたので寝る時は暖かくしてくださいね』……何だこの堅苦しい文は、あとこの子絵下手……」

「真面目で良い文じゃないか。あと下手言うな、個性的と言え」

「そ、そうか、すまん……えっと、次は」

千冬のカードを見てそれを束の一番後ろに持っていき今度は千夏《ちなつ》のカードを見る。

「『いつもお世話になっております。今後ともよろしくお願いいたします』……簡潔だな」

「シンプルイズベストと言うからな。千夏なりに四苦八苦したんだろうさ」

「ふーん、まぁ、可もなく不可もなくだな」

「可しかないだろう」

佐々木は最後に千春《ちはる》のカードを見る。

「『お兄さんいつも大変お世話になっております。大したことが出来ないのですがこのカードで少しでも感謝の思いが伝わればいいなと思います。今後ともよろしくお願いいたします』……この子も堅苦しいな」

「真面目なんだよ」

佐々木にカードを返してもらうとそれをすぐさま机の引き出しにしまう。何だか、仕事場に娘の写真を置く父親の気持ちが分かった気がする、やる気がわくと言うか元気が出ると言うか。

「クリスマスが終わるとすぐに正月だけど、お年玉ってあげるのか？」

「当たり前だな。金額は四年生だから四千円にしようと思っている」

「何だその謎理論……いや、うちの親もやってたけど」

お正月は大掃除もやらないといけないし、お雑煮とかおせち作らないと。

「あんまり無理しすぎると倒れるぞ？」

「大丈夫だ。今はぴんぴんしている」

「ならいいが……仕事休まれると俺に負担が来そうだからやめてくれよ」

この同僚にはうちの娘の爪の垢《あか》を煎じて飲ませてやりたいな。

それにしてもクリスマスに続いてお正月とはイベントが続くな。だから、おもちゃとかゲームとかを企業は安売りをするんだろうけど。

お年玉、本当に四千円で良いのか、相場実際どれくらいなんだろう。後で宮本《みやもと》さんに聞いてみるかな。

そんなことを考えていると急に鼻もムズムズするので手で口を押さえて思わずくしゃみをした。

「おい、休むなよ！　俺が職場で話せる人が居なくなる！」

「分かったから」

隣の佐々木が凄《すご》い顔でこちらを見るが偶々《たまたま》寒気がしてくしゃみをしただけだ。余り仕事中に話しすぎるのは良くないのでそれ以上は特に話さず目の前の業務に没頭した。

◆

クリスマスが終わるとすぐにお正月がある。お正月と言えばおせち料理やお餅、お年玉と言う子供が大好きなイベントの目白押しだ。

うちたちはそんな経験は記憶にないからそんなざっくりとしたイメージしか湧かない。お正月とは一体どんなことをするのだろうか。リビングのコタツに入りながら考えていると天使の話し声が聞こえてくる。

「お正月とは餅を食べるらしいぞ！」

「醤油《しょうゆ》とかバター醤油で私は食べたいわね」

「千冬はクルミダレってのが気になるっス」

「我はおせちも気になるなぁ」

あれま、天使が会話していると思ったらうちの妹たちだった。うっかりうっかり。この年で既に幻覚が見えるとは、もしかしたらうちは老眼かもしれない。

「千春はどうだ？」

「うちは皆が食べたいのが食べれればそれでいいよ」

「ええ!?　そう言うのじゃなくて我は語り合いたいんだ、正月を」

「そっか……うんまぁ、かまぼことか何気に楽しみかな」

「かまぼこ、無限に食べれると思えるようなあれか……じゅるり」

千秋が思わずよだれを垂らしそうになる。うん、欲望に素直なのはとてもいいことだね。

「そろそろ、『お前たちの令和って醜くないか』がやるからチャンネル変えて良いか？」

千秋がテレビのチャンネルを変える。最近になってうちたち姉妹の活動範囲が格段に広くなった。

基本的には部屋の中であったがクリスマスを終えてからはリビングに居ることが増えた。夕食も五人で食べるし、テレビも見るようになった。

以前よりお兄さんの信頼値が上がっている。だからこその活動範囲拡大。千冬はお兄さんとの会話がちょっと多い気がするけどそれもただの信頼だけだと思いたい。

千夏はまだ目が合わせられない時もあるけど、毎日一分の会話が一分三十秒に増えている。

　ただ、千冬と千夏が徐々に懐き、会話が増える中で千秋だけは別格で懐き、そして会話量もべらぼうに多い。さらにさらに活動範囲もべらぼうに広い。

「お腹空《なかす》いたな」

　そう言って千秋は台所の方に向かって冷蔵庫を開けたり、手の届く範囲で戸棚をガサゴソとあさり始める。

「秋のあの胆力と言うか遠慮のなさには感心するわ……」

「本当にそれは思うっス……」

「千秋の素直な所は良いところだよね」

「長女のアンタが甘やかしすぎるからああいう風になっちゃったんじゃないの？」

「良い子に育ってくれたよね」

「……もう、いいわ。その馬鹿姉脳に何を言っても私の求める答えが返ってこないのは分かったから」

　千夏がはぁっとため息を吐きコタツの中に深く潜る。そして、置いてある座布団を枕のようにして寝る態勢に入った。

「眠くなったんスか？」

「そうよ、眠くなったから寝る」

「今寝ると夜眠れないっスよ」

「この暖かいコタツが私を眠りに誘うから仕方ないのよ」

「いや、それでも生活のバランスが」

「おやすみー」

千夏はそう言って夢の世界に旅立ってしまう。頭の上に座布団をのっけて光をシャットアウトして。まぁ、冬休みだしね、少しくらいは生活のバランスを崩しても問題ないかな。

「さくさくぱんだちゃんチョコあった」

「秋姉、ちょっとは遠慮した方が良いんじゃないスか？」

「カイトが遠慮しなくて良いって言うから」

千秋がお菓子の袋と牛乳の入ったコップを持ってコタツに再び入る。チョコには牛乳が合うよね。

「でも、ちょっとは遠慮ってものを……」

「カイトがしなくていいって言うからしない！」

「そんなドヤ顔で……言うことじゃ……」

千秋は封を開けてぱんだチョコを口に入れていく。さくさくとした食感とチョコの甘みが美味《おい》しいんだろうな。

「甘ーい！　美味《うま》い！」

「……そんなに美味しいんスか？」

「美味いぞ！　食べるか？」

「……一つ」

「あーんしてやろう」

千秋が食べてる姿を見ていると自然と何か食べたくなってしまう。将来はテレビのバラエティとかにも出れるだろうな。

「あーん」

「あ、あーん……あまい……」

「だろ、甘美味だろ！」

「まぁ……」

「こんなチョコを食べさせてくれるカイト大好き！」

「っ……大好きとかってあんまり言わない方が良いんじゃないスかね？」

「なんで？」

「ほ、ほら、勘違いさせてしまうからっスよ……」

「どう勘違いするんだ？」

「えぇ!?　ああ、あの恋愛、的な？」

「んん？　恋愛？　そんなことあるか？　カイトは大人だぞ？」

「でも、か、魁人《かいと》さんは男の人っスから、男の人ってそう言うのに過剰に反応するって聞くし、消しゴム拾ってあげるだけで勘違いするって本に書いてあったんスよ……だから、大好きは控えた方が……」

「むぅ？　大好きだから大好きと言って問題はないと思うぞ。カイトはそんな単純な男じゃないからな」

「い、いや、万が一……」

「そうなったら、責任取って我が結婚してやろう！」

「ええええええ！！？？？」

思わず、うちも声を上げてしまった。千冬は驚きのあまり立ち上がる。これはダメですね、流石《さすが》に。結婚はお姉ちゃん許しませんよ。

「い、いやいや、年の差があるし！　そう言うのってちゃんと順序を！」

「人の数だけ愛の形があるのにそれに基準を当てるのはダメだぞ千冬」

「いや、すごーい深いこと言ってきた！　い、いや結婚って金銭とか、そういう問題も」

「カイト、結構持ってるって言ってた」

「え!?　あ、そうっスね……ほ、ほら、でも、流石に結婚は！」

「結婚は……冗談だぞ？」

「ええ!?」

「ふっ、この我の名演技に見事に騙《だま》されたようだな妹よ」

どうやら、冗談だったようだ。ふっ、お姉ちゃんも見事に騙されてしまったよ。やるね、流石は千秋《ちあき》。

「千秋凄いね、うちも騙されちゃった」

「ふふふ、もっと褒めてくれ」

「凄い」

「ふふ」

「未来のハリウッド女優だね」

「えへへ」

千秋の素直さが可愛《かわい》い過ぎる。それにしても千冬《ちふゆ》は千秋の名演技に騙されたとはいえ大分、うろたえていたような……。

「な、なんだ。冗談なんスか……分かりづらいっスよ……」

「妹が姉の演技を見破れるはずがないのだ！」

「……さっきから五月蠅《うるさ》いんだけど？」

千冬が一息ついて千秋がえっへんと胸を張る。……最近、少しずつだけど身体《からだ》が成長している気がするんだよね。将来はきっとナイスバディの素晴らしい女の子にと考えていると寝ていたはずの千夏《ちなつ》が起き上がる。うちたちの声で起きてしまったようだ。千夏は座布団で寝ていたから少し髪が乱れている。

「あ、ごめんね。千夏」

「春じゃなくて、秋の声よ……」

「あ、すまん」

「ちゃんと謝りなさいよ……もう、眠気があるのかないのか分かんない微妙な気分よ……

あ、チョコある……」

「食べるだろ？」

「食べる」

千秋にチョコを渡して貰《もら》い千夏が口に放り込む。チョコの甘さで眠気が完全に吹き飛んだのである。先ほどよりきれいな二重の眼《め》がぱっちり開いている。

「うま……」

「ちゃんとカイトにありがとう言うんだぞ」

「……分かってるわよ」

「なら良し！　それにしても千夏って食いしん坊だな！」

「いや、アンタだけには言われたくないんだけど？　秋が一番の食いしん坊でしょ」

「むっ、我も千夏には言われたくない。千冬はどう思う？」

「秋姉が大ネズミで、夏姉が小ネズミなイメージっス」

「はぁ？　ネズミって何よ？　まぁ、今はチョコ食べるからいいけど、冬は後で覚えておきなさい？」

「ご、ごめんなさいッス夏姉」

「全部後で聞いてあげる」

そう言って千夏はチョコをわんこそばのようにパクパクと口に運んでいく。千冬、あとで千夏にチクチク言われるパターンだ。

千夏って偶《たま》にチクチクぶり返すように攻める時があるからなぁ……。

「むむ、千夏喰《く》いすぎだ！」

「良いじゃない、シェアよ、シェア」

「我のお菓子なのに！」

「この机に置いた時点で姉妹でシェアの義務が発生するのよ。ほら、春もあーん」

「良いの？」

「千春《ちはる》と可愛い妹の千冬は食べても良いぞ、だが、千夏お前はダメだ」

「はぁ？」

千夏にあーんしてもらってチョコを食べる。美味しい。あーんがあるだけでチョコが百倍甘くなってコクが百倍になっている気がする。

「……千冬は可愛いんスかね？」

「千冬が可愛くなかったら一体何が可愛いの？　千冬が可愛くないならこの世の全てが塵《ちり》以下だよ？」

「あ、うんフォローありがとうっス。春姉」

千春に可愛いと言われたことで自分を見つめなおす千冬。この子、毎日ちゃんと鏡見てるのかな？　可愛い以外何物でもないのに。

可愛いと言う事実をもっとしっかり自身で分かって欲しい。もっと自信に溢《あふ》れていいのに。今度可愛いところをノートに纏《まと》めてあげよう。

ふふふ、きっと手が脳に追いつかねぇぜ……そして、千冬は喜んでくれるだろうなとほくそ笑みながらうちたちの優雅な時間は過ぎて行った。

「なんか、頭が痛くなってきた……」

「おい、おい、俺をボッチにさせる気か？」

「そんなつもりはない。さて、そろそろ定時だから帰る……」

「明日は休むなよー」

頭が痛い。何だか関節も痛い気がする。まさか、風邪をひいてしまったのか……くっ、大人として体調管理が出来ないなんて情けないにもほどがある。

手洗いうがいは毎日忘れずにしていると言うのに。

仕方ないな、万が一にも娘に移さないようにマスクをして、帰りに経口補水液でも買って行こう。

帰りの道の業務スーパーで風邪対策グッズを購入して車を走らせる。何だか、いつもより帰りの道が遠い気がする。今日の夕ご飯はいつもより簡単な物にしても良いかな。冷凍の揚げ茄子《なす》があるからそれと肉を炒《いた》めて、買ってある味の素で味付け。あとは、茹《ゆ》でるだけの水餃子《すいギョーザ》。

作り置きの切り干し大根と白米で……頭の中で手抜き料理を考えながら家に到着。

「た、ただいまー」

「おかえり、カイト……お腹《なか》すいた……なんか、元気ないけど大丈夫か？」

「ああ、大丈夫だ。すぐに夕食作るからな……」

千秋が出迎えてくれて何だか、体の重しが取れたかもしれない。急いで手洗いうがいをして着替えて台所に立つ。

「お兄さん……マスクして顔赤いですけど、もしかして風邪……」

「千春気にするな。それよりコタツの上片付けておいてくれ」

「う、うん……」

ある程度作るのは決まっているし、下拵《したごしら》えも殆《ほとん》どやらなくてもいい。体は怠《だる》いけど料理が出来ない程ではない。数分経《た》てば直《す》ぐに完成した。お皿によそって姉妹たちがそれを机に運んでくれる。

「風邪移したらいけないから、今日は俺は着替えて寝るよ……食べたお皿は水につけておいてくれ……」

俺は脱衣所で着替えて、蒸しタオルで体を拭いて、経口補水液とスマホと氷枕を持って部屋に向かった。明日も仕事があるし朝ごはんも作らないといけない。

一晩寝ればすぐに良くなるだろうさ……。

◆

「カイト、元気なかったな……」

「お兄さん、疲労が溜《た》まってたんだよ……」

「そうっスよね……ご飯とか仕事とか、あれだけやってれば」

「……」

いつもとは違う弱ったお兄さんを見てそれぞれ思ったことがあるんだろう。コタツの上にはご飯が並んでいるが誰も手をつけていない。

どうするべきか、何が出来るか、自然とそっちの方に思考が向いて行く。うちたち姉妹が迷う中で始めにそれを決めたのは千秋だった。

「よし、看病しよう！」

「アンタに出来るの？」

「出来る！　冷たいタオル作る！」

「他には？」

「……おかゆ？」

「火は絶対使うなっていつも言われてるじゃない」

そう、お兄さんは絶対に火を使わないようにと釘《くぎ》を刺している。ＩＨコンロはもっと大きくなったら使っていいらしい。

「じゃあ、添い寝！」

「アンタに移ったら元も子もないわ」

「……取りあえず、冷やしタオル！」

そう言って千秋はコタツから出て台所に向かい、金属のボールに氷と水を入れる。そこに脱衣所からタオルを持ってきて水に浸す。

「ちゅべたい……っ」

冷たいを思わずちゅべたいと言ってしまう千秋。手が寒さに震えながらもタオルを両手で雑巾のように絞る。それを持って二階に上がって行く。

千秋の階段の登る音が部屋に鳴り響いて暫《しばら》く経つと千秋が戻ってきた。

「ありがとうって言われた！」

「そっか」

「でも、風邪がうつるのが一番ダメだからもう来ないでって、俺は経口補水液飲めば治るって言ってた。あと、寝る時はコタツの電気を忘れずに消してって言ってた」

「うん、分かった」

うちも千冬も千夏も何かをしようと思ったけど、動けなかった。その中で千秋だけは動いた。その事実にやっぱり千秋は凄《すご》いな……と、長女として少し情けない気持ちになる。

うちも出来ることを探さないと……。

◆

頭がボーッとする。眠ってるんだか、起きてるんだか良く分かんねぇ。

『○○君……』

頭の中に小学生くらいの女の子が浮かんだ。顔は見えないけどそのシルエットに面影がある。ああー、これはあんまり良い思い出でない奴《やつ》だ……。

風邪で訳の分からない夢のような物まで見る始末。

体調管理……今後はもっとしっかりしないと。氷枕があるおかげで多少は寝心地が良い感じがするけど……。

あれ？　額が急に冷たい。眼を開けると銀髪のオッドアイの少女が……。

「大丈夫か……？　カイト……」

「千秋《ちあき》。看病してくれたのか……」

「出来る範囲でだがな……」

「そうか、ありがとう……でも、うつしたら悪いからここには居ないでくれ」

「やだ、カイトが治るまでここに居る」

「そう言わないでくれ。もし、千秋が風邪ひいたら俺はもっと体調が悪くなる」

「そうなのか!?」

「うん、心配で何も手につかない」

「……そうか、じゃあ、戻る」

「そうしてくれ、あとコタツの電気は消して寝るように皆に言ってくれないか？」

「分かった！」

元気よく返事をすると千秋はドアの方に向かう。

「はやく、元気になってね！　いつも、私たちのこと気にしてくれるカイトが大好きだから！」

私……ああー、そう言えば、……彼女は……千秋と言う女の子は……。

……そんな俺の前世知識による記憶よりも、今の千秋の笑顔可愛《かわい》かったな。死ぬ気で寝て、風邪を治そう。俺はそう心に決めた。

◆

場所は二階のお兄さんの自室前。扉の前でお風呂上がりのうちと千冬《ちふゆ》は立っていた。寒気の満たされた廊下は肌寒い。足の底はそれ以上に冷たい。

「魁人《かいと》さん、大丈夫かなぁ……」

「お兄さんなら大丈夫だと思うよ」

千冬がお風呂上がりの可愛らしいパジャマ姿で心配の声を上げる。だが、お兄さんの部屋には入ることはできない。お兄さんの伝言は風邪をうつさないためにこれ以上部屋に入らないでくれと言うものだ。

「千冬、何も出来なかったっス……」

「しょうがないよ……うちも何もしてない」

「何かしたかったなぁ……」

「そうだね」

お兄さんが心配で何かしたいと思えるだけで、それは大きなことだと思うけどな。ただ、千秋と自分を比べて自分が大したことがないと言う気持ちはわかる。うちもお姉ちゃんなのに率先して行動が出来なかったことに思うところもある。

姉として妹を導かないといけないのに。

悔しさもある。

自分なんてどうでもいいから、全ては妹の成長の為《ため》に尽力すると誓ったのにこのざまは不細工にも程がある。

「……今日はもう寝よう。冷えてきたから……このままうちたちが体調崩したらお兄さんに余計な心配かけちゃう」

「……はいっス……」

もう既に湯冷めをしてしまった。体温が低下する。冷たい。

ふと、あの日のことを、あの時のことを思い出した。寒くて寒くて、怖くて怖くてどうしようもなくてただ只管《ひたすら》に周りとの格差をひがんだ時を。

僅かに、心の中が曇る。だが、直ぐに冷静になった。

自分はどうでも良いと、感情はどうでも良いと。

「春姉、大丈夫っスか？」

「うん？　何が？」

「いや、その……眼《め》が……」

「眼？」

「ちょっと、曇ってたと言うか……」

「それは見間違いだよ……」

そんな感情は殺そうと思っているから。自分を殺すのがあの日の誓い。ダメだな。最近は何だかその誓いが揺らぐ時がある。

「ほら、部屋戻ろう」

うちは会話を無理に止めて千冬の手を取って自室に戻って行った。何枚も厚い羽毛の布団をかけたがその日の夜は少し寒かった。

◆

寒さが部屋に満ちていた。微《かす》かな月の明かりがカーテンから差し込んで寝ている魁人の顔を照らす。寝苦しくて彼の呼吸は乱れていた。たった一人。心配をかけない、風邪を四つ子たちに移さないために一人で眠りの中に落ちる。

寝ているために感情はなく、誰が来たとしてもそれを認識などするはずはない。分かるはずもない。一人は気楽だが、どこか寂しさを彼は無意識のうちに感じていた。

——一人の魁人が寝るドアが開く。

足音を立てて起こしてしまわないように忍び足で、誰かが部屋に入った。微かな月明かりを頼りに誰かは魁人が寝ている場所に向かう。そして、体温が上がって少し頬が熱くなっている魁人の顔を確認した。数秒、数分そのまま経過していく。

誰かは暗闇に慣れてきた眼で自身の手を見る。迷いがあった。それをしても良いのかと言う迷いが。

だが、次第に緊張が解ける。『自分の為』でないのなら、誰にも知られないのであるならばと。誰かは魁人の額に手をあてる。スッと彼の額が冷える。ただ手をあてているだけなのに心地よい氷を載せられているように少しだけ魁人は呼吸を整えた。人間の手にそんな機能はない。手が急激に冷え、冷気を発するなどあり得ない。だが、誰かはそれを成しえていた。それを行う時に感情はない。淡々と作業のようにそれをこなしていた。

数十分、数時間経過した。どれほどそこに留《とど》まっていたのか誰かも分からない。ただ、少しずつ外が夜の暗闇から朝への光に変わって行く。ベッドから腰を上げて誰かはそこを出た。再び足音を立てず、ゆっくりと歩いて部屋のドアを開ける。誰もそれを知らない。

誰かもそれを言いふらすつもりもなかった。ただ、去り際になんとなくで、聞こえないような音量で、願うように一言呟《つぶや》いた。

「——早く良くなってね。お兄さん」

そう言って、誰かは、千春《ちはる》はそこを去る。彼女の言葉は泡のように誰にも知られずに消えた。

◆

治った。完全に治った。気だるさも倦怠感《けんたいかん》も額の熱さもきれいさっぱりない。

これが千秋の看病の力なんやなって……。だが、夜中に誰か俺の部屋に来たような……気のせいか。

俺はベッドから体を起こし着替える。今日も仕事だからな。今日だけ行けば年末年始の休日がある。最後の一日しっかりと頑張って行こう。

下に降りて早速朝ごはんを作らないといけない。

本日の食材は卵とウインナー、これをメインで朝ごはんを作って行く！

弁当はおにぎりとかで良いだろうさ。パパッと作ろう。パパだけに……これ、何処《どこ》かで使ったら娘たちの爆笑が取れるのでは？

大事なのは使いどころ。これ、絶対使おう。

味噌汁《みそしる》なんて、買い置きの味噌にほうれん草と玉ねぎ入れてそれっぽくして完成だな。

後は卵焼きとちょこっとオシャレなたこさんウインナー。

よし、出来た。早い所コタツの上に並べて俺は仕事があるから先に食べてしまおう。寝癖直し、顔洗い、歯磨きなどをして再びリビングに戻ると寝癖でアホ毛になっている千春が心配そうな顔で待っていた。

「お兄さん……大丈夫なんですか？」

「おかげ様で、心配してくれてありがとうな」

「ああ、うん……そっか、回復したなら良かったです……」

「魁人さん、大丈夫でスか⁉ 朝から無理してないでスか⁉」

いつの間にか千冬も起きていたようだ。後ろに居たので少しビックリである。近くには千春も居る。

「心配してくれてありがとう。皆の気遣いのおかげで元気になった」

「そうでスか……元気なら良かったでス」

「いや、本当に昨日はすまん。コタツの電気ちゃんと消してて偉いな」

「それは、はい……」

「何か元気ないけど大丈夫か？　千冬」

「その、普段お世話になってるのに、いつも何もできなくて、昨日何もできなかったから……それが申し訳ないでス……」

そんなに重く考えなくても良いと割り切って良いぞとそれをそのまま伝えるのもありかもしれない。だが、そこにあるのは俺の感情だけ。

言葉を選んだ方が良いんだろう。

「あー、その、心配してくれるだけで俺は嬉《うれ》しいんだぞ？」

「でも、秋姉は看病をしたのに千冬は何の役にも立っていないでス……」

「……今、この瞬間まで俺が元気になった時まで心配してくれて、気遣ってくれただけでそれは凄《すご》い感謝するべきことなんだ……それが何の役に立ったのかと言いたそうな顔だがそういう思いやりが俺の活力となるんだ」

「活力？」

「そうだ、千冬の思いは無駄じゃない。何の役にも立ってないことはない。俺の仕事でもモチベとか単純な元気に大いに尽力をしているんだ。二人からしたら大したことじゃなくても俺からしたら大したことなんだ」

そういう話を前に一緒にしたよなと千春に視線を送る。相手に教えたことでも自分では気づかない、忘れたり見失ったりすることなんてよくあるだろうさ。それを互いに教えあえるってなんかいいな。

「っ……」

千春は軽く頷《うなず》いた。あとは千冬にもう一押しだろうか。何か納得のある父として大々的で記憶に残るようなことを言いたい。

「千冬、心配してくれてありがとう。俺は本当に嬉しい。だから、そんなに自分を卑下するな。千冬は自分を過小評価するのが悪い癖だぞ」

「そうでスかね……」

「そうだ。謙遜も行きすぎると嫌みになるから気を付けるように。まぁ、その、一番言いたいのは気付かないうちに千冬は俺を支えているってことだな。うん」

あ、やばい、恥ずかしさがこみあげてきた。こういうのって言うのも恥ずかしいけど、間違ってたらどうしようと言う恐怖もあるんだよな。ようは子供にデマ情報を流しているのと同じだもんな。

ただ、まぁ、千冬が俺を支えているのは嘘《うそ》じゃない。いってらっしゃいと彼女は冬休みに入ってからでも毎日言ってくれる。

「いってらっしゃいとかお帰りとか、気持ちが温かくなるんだ。だから、いつもお世話になってるのはお互い様だ」

「……そうなんでスか？　千冬のそれが役に立ってたんでスか？」

「勿論《もちろん》だ。この眼を見てくれ」

ジーッと視線が交差すること三秒。互いに気まずくなりそっと視線を逸《そ》らした。

「えっと、つまりそう言うことなんだ。だから、昨日以上にいつも支えてもらってるから気に病まないでくれってことだ。分かったか？」

「はいっス……」

「よし、じゃあ、俺は仕事に行くからな」

そう言って鞄《かばん》を持って玄関に直行だ。

「か、魁人さん」

直行した俺を千冬《ちふゆ》が追いかけてきた。パジャマ姿の茶髪碧眼《へきがん》の可愛《かわい》い千冬。しっかりした一面しか見せない普段の彼女とは違い寝癖でアホ毛が一本立っている。そのことが若干恥ずかしいのか、僅かに赤面したまま天使のような微笑《ほほえ》みで口を開いた。

「――いってらっしゃい」

照れながらもその眼は俺を見ていた。誰よりも俺の眼を見ていた。その言葉を聞けただけで何だか元気が出てくる。僅かに残る風邪の疲れも吹き飛ぶくらいだ。

「……ッ」

「あんまり、無理しないでくださいね……千冬、魁人《かいと》さんの帰り待って、ます……ッ」

そして、……普通に元気が湧くんだけど。尊いな、これが娘の力か……。

「いってきます。二人とも頼んだ。知らない人が来たら絶対にドア開けちゃダメだぞ」

「は、はいっス」

「分かりました。お兄さん」

鍵を開けてドアを開けると日差しが差し込む。

「お兄さん行ってらっしゃい」

「行ってくるよ、色々千春もありがとうな」

「……」

普通に元気が湧くんだけどパート2だな。しかも効力二倍。千春も何だかんだで心配をしてくれていたみたいだしありがたいなぁ。

太陽が眩《まぶ》しいぜ。まるで俺のパパとしても成長を祝福してくれているようだ。パパレベルが2ぐらいは上がったかな？

よし、最後の仕事を頑張るぜ。俺は車に乗って出社した。

あとがき

　初めまして、流石《さすが》ユユシタと言います。ウェブ版から見てくださっている方はいつもお世話になっております。この度は書籍を購入していただきありがとうございました。

　ウェブの時は書籍化を目標に頑張っていたのですが、ようやくそれが叶《かな》って、本当に嬉《うれ》しかったです。ここまでこられたのは皆さんのおかげですので本当に感謝しております。そして、素晴らしいイラストを描いてくださったすいみゃさんにも感謝です。皆さんも表紙を見て分かったと思うのですが、マジで神絵師って感じでしたよね？　僕もそう思いました。本当にありがたいです。

　書籍化は初めてだったので、なれない作業がかなり大変でした。自分ではあんまりないと思っていた誤字脱字もとんでもない数あったので、それを直すのに徹夜で作業をしたり、丁度、作業時期に大学のテストも重なっていたので本当に色々凄《すご》かったです。しかし、自分自身でも良い経験が出来たと思うので良かったかなとも思ってます。今回出したのは一巻なのですが、これからも続刊が出せるように頑張りたいので、応援よろしくお願いします。

　あと、ツイッターもやっているので是非フォローをお願いします。IDは、@sasugayuyushitaになってます。

　ここまで読んでいただきありがとうございました。今回は失礼します。

作品のご感想、
ファンレターをお待ちしています

あて先
〒141-0031
東京都品川区西五反田 8-1-5 五反田光和ビル4階
オーバーラップ文庫編集部
「流石ユユシタ」先生係／「すいみゃ」先生係